HAPPY ENDING

好结局

伍子豪 ———

著

PEOPLE'S LITERATURE PUBLISING HOUSE
人民文学出版社

图书在版编目(CIP)数据

好结局/伍子豪著. —北京：人民文学出版社，
2020
ISBN 978-7-02-016244-4

Ⅰ.①好… Ⅱ.①伍… Ⅲ.①短篇小说-小说集-中国-当代 Ⅳ.①I247.7

中国版本图书馆 CIP 数据核字(2020)第 069293 号

责任编辑　卜艳冰　李　翔

出版发行　人民文学出版社
社　　址　北京市朝内大街 166 号
邮政编码　100705
网　　址　http://www.rw-cn.com

印　　刷　杭州钱江彩色印务有限公司
经　　销　全国新华书店等

开　　本　890 毫米×1240 毫米　1/32
印　　张　7.5
字　　数　140 千字
版　　次　2020 年 10 月北京第 1 版
印　　次　2020 年 10 月第 1 次印刷

书　　号　978-7-02-016244-4
定　　价　48.00 元

如有印装质量问题，请与本社图书销售中心调换。电话:010 - 65233595

目录

狗语者

我们寻了一片野树林。这里布满丘陵，海拔不高，易于攀登，又无人看管，是彻彻底底的无主之地，也是黄顺利打猎的好去处。黄顺利是我的小姨父，黄东东的爹，个子不高，永远平头。黄顺利把他的三条狗从卡车斗里放出来，一棕，一黑，一灰。因为持枪违法，所以黄顺利打猎只带狗，以及一柄弹弓。那是他自制的巨型弹弓，自焊不锈钢弓夹，绑上爆发力极强的牛皮筋，再搭配精心打磨过的石头子，光是想想，就已威力无穷。黄顺利左腰别着弹弓，右腰挂子弹袋，棕狗左，黑狗中，灰狗右，呈掎角之势，一人三狗，在前方带路。我和表哥黄东东在后方紧紧跟随，他只大我三个月，我们当时都是十一岁。

　　"这里会有些兔子。"说完黄顺利又指指西边，"那边石料场炸山，它们会到阳面找食。"我与黄东东不敢说话，密切注视周围情况。地势不算崎岖，插满薄细的树，林子很密，树与树间隔不超过两米，正值夏季，繁茂绵密，我们的视线就被这样无数的直线分割开，不见尽头。在黄顺利带领下，我们斜四十五

3

度上，又斜四十五度下，对此区域进行地毯式搜查。黄顺利聚精会神，不放过任何一点动静，而我和黄东东体力逐渐不济，注意力慢慢涣散，不能再时刻追踪草木动静，只能盯着黄顺利的屁股。牛仔裤把他的屁股包得很紧，圆润，坚实。

就在我预感今天将一无所获时，黄顺利突然半伏上身，抬起手掌，示意大部队停止前进，我和黄东东紧刹脚步，差点一个跟跄。倒是那三只狗很有默契地伏下身子，似乎也发现了什么。黄顺利左手取弓，右手备弹，口中发出短促而清晰的三下哨声。黑棕灰得令，伏身分散，迂回地绕向前方。我和黄东东尚未发育，身高有限，又处于地势较低处，前面究竟有没有兔子，根本无从得知。但我看看黄东东，黄东东也看看我，彼此的眼睛里都流露出激动。

埋伏已经布置完成，黄顺利挺直上身，架弓，上弹，拉弓，瞄准，一套动作一气呵成，行云流水。石子嗖地飞出，射向一片草丛，惊得一只生物跳跃而出。"兔子！"黄东东喊道。一击未中，黄顺利却稳如泰山，未再填充子弹，挺直身子，又腰看兔，野兔慌不择路，逃向东侧，这时埋伏许久的灰狗跃出，逼得野兔转向，又朝西侧逃去。棕狗跃动出场，又将兔逼向北。我和黄东东大气不敢出，实在刺激。这时，负责结束动作的黑狗从北侧高处一跃而起，一口准确而凶狠地咬住野兔，身子一拧，死死摁住。我们跟随黄顺利围了上去。

黄顺利把死兔子往我手里一塞，嘿嘿一笑，露出被香烟熏黄的牙齿，说："战利品。"我把手背过去，不肯收下，脑袋别过去，一眼不敢多看。我那时对死去之物有种敬而远之的本能。

黄顺利笑骂："孬! 一点也不像你爹。"转脸又把兔子塞黄东东手里，黄东东来不及躲，只好硬着头皮收下。

那天我们总共猎了两只兔子，一只提在黄东东手里，另一只提在黄顺利手里。没有了灵魂，两只兔子垂在空中随着脚步摇摇晃晃，像是做工极其细致的仿真毛绒玩具。回去后，黄顺利将兔子剥皮，清理，丢进锅里，佐以八角茴香葱姜蒜，炖了。我的小姨刘素英还做了些其他菜，但在炖兔子前，均败下阵来。我迫不及待尝了一口兔肉，只觉得吃起来发紧，口感和鸡肉没什么区别，没再下筷。黄顺利把兔头夹给我："这个最好吃。"我看看兔头，兔头上那空荡荡的眼窝仿佛也看了看我，实在没有胃口，我用筷挡住。黄顺利见我不吃，又夹给黄东东，黄东东也学我直接用筷子挡住，时机力道都对。无人赏识的野味，黄顺利只好夹到自己碗里，掰开下颚，揪出舌头，嚼了嚼吞下肚去，最后撬开兔子头骨，吮吸起来。黄顺利吸一口脑髓，呷一口自己酿的药酒。酒罐里飘着枸杞人参，以及一条盘卧的黑色纹蛇。那画面让我想起《异形》，实在有些可怕。我匆匆离席。

我的小姨父黄顺利，在电器大街有一处店面，主营摩托车维修，也做二手摩托生意。那几年国家政策扶持，柳市成了电器重镇，号称"低压电器之都"，周边无数下海淘金者奔赴至此开厂，制造和贩卖各类变压器、电线、开关。流动人口聚集，交通就成为必要，黄顺利顺着这股浪潮，勇敢地在风口起跳，挣了不少钱。就像十九世纪五十年代发生在美国加利福尼亚的淘金热，淘金者淘没淘到金另说，卖铲子的人最后无一例外地致富了。黄顺利作为卖铲子的人，是率先盖上小洋楼的那一批。他的洋楼盖得可谓空前绝后，一时无两。不仅层数是镇上当时最高，甚至，从前门踏入，首先映入眼帘的是一座巍峨假山，上山下水，人造池塘里还养了一群鲤鱼。一楼后方是他精心打造的机械工作室，源自他那男人的浪漫，各类扳手榔头螺丝刀悬挂于工作台旁的墙上，甚至还搞了一台小机床，不知作何用，可能是专门用来造弹弓的。

从工作室后门出去，是一小庭院，露天楼梯蜿蜒而上，楼梯下方是两只笼子，笼子里关着棕灰两条狗。而黑狗则用黄顺利亲自打造的铁链拴在大理石柱上，彰显地位。这三只狗黄顺利养了两年，全部正值当打之年，站起来比我还高，那是它们的黄金时期。无一例外，三只全是杂种狗，杂到混了什么血难以分辨，但我能肯定的是，这三只应全是狼狗的分支变种，而且是越变越凶残的那种。有时它们为了抢食会两腿站立，让我常常想起拳王泰森。可惜的是三只狗没有名字，黄顺利只用"它"、"它们"或者"黑灰棕"指代三只狗。

那时我父母去北京打拼，做了北漂，而我留在柳市当地接受义务教育。周一到周五住寄宿学校，周末则住在黄东东家。黄东东和我同一所学校，同一个班。他发育得晚，坐第一排，而我坐最后一排。每次来到他家，从后门上楼，三只狗都要对我狂吠，我不敢与之对视，黑狗有时甚至会朝我冲过来，铁链绷直，血盆大口张开，我紧退两步，游走于生死边缘。但只要黄顺利在一旁，靠喉咙发出一记粗音，它们就不再吠，安静下来。我便趁此机会赶快上楼。回想起来，实在奇怪。按道理讲，每周一次，这些狗对我不熟也该熟了，怎么还会如此提防？我只能认为它们是狗仗人势，欺负我以寻到某种本能上的开心。

黄顺利时常带狗去上班，把狗装在卡车斗里，开一瓶啤酒，边喝边开。他从不拴狗绳，三只狗围绕于身侧，比带三个保镖管用，一般人不敢近身。带狗经营，不止是一种习惯，更是一种商业策略。比如一般情况下，在店里三只狗会性情大变，乖得有些过分，或躺或趴，隐藏于桌下或角落，极易让人忽略。一旦有人不识相地打算砍价，说出那句"你就说最低能给多少……"话音未落，黄顺利就会假装无意地摇一摇腰带上的钥匙串，钥匙碰撞发出如铃铛般清脆的声音，三只狗便立即起身，从桌下、角落缓缓显现，像是从舞台暗处浮现的杀手，盯着不知天高地厚的消费者。别说砍价了，一般人甚至愿意在这种情况下多付三倍的价格以便脱身。所以去黄顺利的店里，不要试图砍价，亡命徒和特种兵可以一试，其他人还是放弃这个念头为妙。

黄顺利偶尔也有不带狗上班的日子。这样的日子里，他会带黄东东去。带黄东东就不再开皮卡，而是选择骑摩托，并且是重型机车。黄顺利不戴头盔只戴墨镜，黄东东自然也不会有机会拥有头盔，甚至连墨镜都没有。那车通体纯白，甚至还有挡风玻璃，一看就是个狠角色，一拧油门，推背感如巨浪涌来，身体已经走远，灵魂往往还留在原地。乡间野路，黄顺利都能开到八十、一百迈。黄东东一张大脸，被风吹得嘴歪眼斜，长此以往，为他以后粗砺而奸邪的样貌打下坚实的基础。当时的黄东东没想到未来的事情，只感觉十分刺激，紧紧抱住黄顺利的腰，两腿死死夹住后座。有次黄东东的小腿还被排气管烫伤了一小块，在学校他向我展示伤疤，仿佛那是英雄的勋章。

黄顺利对黄东东一直抱有两种期望，选项一是学业有成，将来考一所好大学，成为社会栋梁；选项二是跟着自己学习机动车维修技术，继承家业。选项一是选项二的更高期待，选项二是选项一的以防万一，互为替补，密不透风，体现出黄顺利的老谋深算。无奈黄东东对两者都没有表现出任何天分和兴趣，甚至是对任何事情都未表现出天分，像一个实心的泡沫秤砣，看上去木讷沉重，实际异常没有分量。班主任老师无数次对黄顺利说："黄东东这孩子非常努力，但他的努力有点没用。"这无疑是在指责黄东东愚笨，这让以成功人士自居的黄顺利感觉十分丢脸。黄顺利选择用皮带表达自己的失望。

很长的一段时间里，黄东东回到家递上试卷，黄顺利只要看到分数的十位数字低于八，便解开皮带，缓缓抽出，折叠，快速而凶狠地抽打在黄东东的屁股上。紧接着便可以看到黄东东尖叫着四处逃窜，六层洋楼都被他躲遍了，还是能被黄顺利揪出，按住然后狠狠地鞭挞。一般这时刘素英就会从一侧横冲而出，拦在黄东东身前，大喊："要打就连我一起打吧！"黄顺利相当听话，那就一起打吧，左手耳光扇在刘素英脸上，右手皮带抽在黄东东身上。刘素英也不是吃素的，整个人与黄顺利的一条胳膊扭打在一起，黄东东想要趁机溜走，又被黄顺利一把揪住领子，猛地勒住脖子，极难呼吸。就是这样，黄顺利以一对二，从来不落下风。

打完之后，黄顺利便会跑到楼下喝闷酒，喝完几杯去遛狗。

镇上就一条大街，他抽着烟能来回遛三遍，三只狗能拉六泡屎，接着黄顺利选购两盘VCD，回家。一般回到家时刘素英和黄东东已经哭累了，像是刚打完一场篮球，哭到肚子发饿，刘素英下两碗面条，和黄东东坐在餐厅沉默地吃着。吃过饭，洗了澡，一直到躺下，三个人一句话也不会说。黄东东年纪小，在黄顺利和刘素英的卧室打地铺。三个人都躺下之后，黄顺利会播放上刚买的碟片，三个人沉默地看着，回荡在房间里的只有电影声效。看到好笑的桥段，三个人会发出笑声；看到动人的段落，刘素英会偷偷抹眼泪。偶尔黄顺利会买到三级碟片，比如毫无征兆地，一个女人骑着摩托钻进树林，身上的衣服被枝叉灌木划破，先是露出雪白滑嫩的大腿，镜头上摇，腰窝、腹线渐渐暴露，眼看就要轮到关键部位，这时黄顺利就会对躺在地上的黄东东说："小孩子不要看。"黄东东"哦"了一声，但眼睛不会移开哪怕一秒。

看完电影，一家人睡去，第二天醒来该怎样还是怎样，仿佛发生的一切没有留下任何踪迹，除了黄东东身上的疤痕。而这些疤痕黄东东从未向我展示过。

似乎黄东东从黄顺利身上继承的只有两样：平头，以及和三只狗沟通的能力。有时我与他一起从后院楼梯经过，黑棕灰刚要吠叫，黄东东低喝一声，三狗就把到嗓子眼的吼叫咽了回去。喝完，黄东东还会骂上一句："废物。"无任何一狗敢回嘴半句。唯有在三只狗面前，黄东东才彰显出一定的地位，以及作为一个男人的脊梁，其他时候，他更像是被大多数人想踩在脚下但踩不着的尘土，孤独地飘荡。

一个周末，打完牌的黄顺利回到家发现，本该关着灰的笼子空空如也。黄顺利唤我和黄东东下来，问："狗呢？"我俩一齐摇头，表示不知道。黄顺利跑出家门，腰上的钥匙哗哗作响，开上车，找狗去了。我上前勘查笼子，发现挂锁被打开，完好无损。黄东东自始至终站在台阶上，未下来一步，目睹全程之后，他转身进了屋子。我看着他的背影，感到一种决绝。

黄顺利开着车，转到了邻镇，才在一座桥边找到了灰。据他描述，当时灰嘴里正叼着一只黄鼠狼，眼神中带着不知该和谁庆祝的无助，呼哧带喘，看样子追逐奔跑了许久。车开回来时，黑和棕开始嗥叫，我从楼上跑下来，黄东东却岿然不动。黄顺利从车上牵下灰，赶进笼子，挂上锁。似乎有些奇怪，他把锁翻来覆去检查，转过身子，蹲到黑的身旁，顺毛，黑发出低声呜语，黄顺利仔细听了听，面色渐渐凝重。最终，黄顺利站起来，手里提着黄鼠狼，从工作间拿了柄铲子，到花圃里挖了个土坑，把尸体安稳地放进去，盖上土。我在一旁，问："不吃吗？"黄顺利回答："这个不能吃。"

埋葬完毕，放回铲子，黄顺利向楼上走去。一边走，一边解开腰上的皮带，对折，攥在手里。和往常不一样的是，带扣的那侧，悬在空中，随着脚步，一颤一颤。我想，如果抽在身上，一定特别疼。我没有上去，有些不太好的预感，像躲避一些不该碰见的场景。黑暗中，三只狗眼睛泛出幽绿的光，盯得我浑身发毛。我绕到前厅，靠在栏杆上，看着假山池水里的鲤鱼。我抓起一把鱼食，撒下去，鱼争相聚拢过来。突然，一声凄厉的惨叫从楼上迸发，是黄东东无疑，鲤鱼们惊得如逃生般散开。这一声还未完全在空间里晕开，那一声哭喊拍马赶到，叠在一起，自上而下充满整个楼房，鱼们无处可逃，盘旋一阵，下沉到了水底。我扶着栏杆，探着头，向盘旋楼梯的中间望上去，什么也看不见，唯有叫喊声在楼里回荡，如山谷里的风啸。

当天晚上，我和黄东东在卧室打地铺，黄顺利播放上VCD，是个动画片，《人猿泰山》。刘素英有些不满："多大的人了，怎么还看动画片。"黄顺利倒是不以为然："孩子来了嘛，给他们看的。"电视里，腰上围着草裙的野人抓住藤蔓荡过来，一把搂住身着长裙的女人，又飘荡而去。我看得津津有味，目不转睛。观影全程黄东东的脑袋都埋在被子里，一眼没看。

几年下来，黄顺利的生意越做越大，二手倒卖变成主营业务，维修则成为副业。柳市电器城的名号打响，传遍全国，当地人收入一增再增，黄顺利的经营范围也从二手摩托车扩大到了二手汽车。并且将店面两边的商户一并租了下来，招牌扩大三倍，"顺利二手车"五个大字，悬挂于上。还在招牌上加了LED灯，一到晚上，色彩绮丽，变幻莫测。别人问："晚上你也不开门，搞那么亮堂弄什么？"黄顺利只是笑笑，回答两个字："霸气。"

之后，我去了北京念书，黄东东中专学了装潢设计，毕业后干了一个月，惨遭辞退。黄顺利让他去车行帮忙，被其拒绝。思来想去，黄东东决定远赴天津，投奔亲戚，在他们位于塘沽的桥架厂从学徒做起。包吃住，年底结算薪资，一年两万。他跟我说明这个情况，我觉得钱有点少，他说："钱少一点无所谓，我想多出去闯一闯，看一看。"我问："你真的想好了？"

他说："我真的不想再待在这里了。"

儿子远赴他乡，又值扩大经营时期，黄顺利只好招了几个外乡人当学徒，帮忙经营店铺。几个徒弟吃苦耐劳，风里来雨里去，没有怨言，很快就学成手艺，撑起门面。由此黄顺利落了个清闲，每天一早，带着狗到店里视察一遍，交代一下当天的工作，之后的时间都是他自己的。接着他一般会带着狗，去找老友打打牌；或者带着狗，上山猎兔捉蛇，总有收获；到了晚上，将狗送回家，不进家门，又赴饭局；和客户兄弟吃过饭，那肯定还要喝酒唱歌，招来妈妈桑，点几个公主坐在身旁，唱一唱，聊一聊，喝一喝，做做游戏，再摸一摸。付过账，醉着酒开车回家，从未被抓。朋友遍地，哪里查酒驾全都清楚，绕开，再绕开。回到家时，刘素英已经睡了，他怕吵醒，听几句抱怨难免又要吵架打起来，麻烦，再上一层楼，睡到儿子房间去，反正也没人。

刘素英在家，终日无事可做，亲戚走遍，家长里短聊遍，回到家，六层洋楼里还是空空荡荡，没有人烟。房子大的坏处就是积下的灰尘也很多，每次刘素英打扫完毕，都累到极点，腰背酸痛得一塌糊涂，躺在床上睡一觉醒来，黄顺利仍然没有回家。出门去市里逛街，想买几件名牌衣裳，看见吊牌才想起家里的人民币都握在黄顺利手里，用私房钱买，难免肉痛，心思痒起来，钱再多些，请个保姆，打扫做饭，自己也不用这么劳累，日子过得也舒服些。这事等黄顺利回来，和颜悦色地讲过几次，每次黄顺利都点头说好，但之后就没有了下文。再问，黄顺利便不耐烦了，讲道："花那些冤枉钱搞什么，你在家不也没事干，弄弄家务不是蛮好。"刘素英讲："房子那么大，打扫起来要人命哟。"黄顺利喝一口酒，讲："那是我错，怪我！我就不该挣钱，不该盖这么大的房子，让你们挤苍蝇间，你们最舒服！"刘素英不再讲话，黄顺利滔滔不绝，继续讲道："自己懒就懒，怪房子大，没天理。"刘素英不再讲，去洗碗，黄顺利还要一直骂到她在视线里消失："不知感恩的东西！不如狗！"

　　刘素英怕挨揍，便没有再提找保姆的事情，但心思活络起来很难再静下去，自己要是搞到些钱，人生也会有价值。碰巧那天去找大姐谈天，聊起镇上的后生，上网玩六合彩中了头彩，几十倍收益，彻底翻身，家里的楼都翻新了。这事嵌在了刘素英心里，挥之不去。回到家，翻出黄东东上学时用的笔记本电脑，又找来那个中奖的后生，聊聊致富经。后生也有礼貌，耐心地讲解六合彩之道，再教刘素英如何打开网页，如何输入网址，如何浏览论坛，如何看码报，如何下注，一来二去，刘素英全部都熟稔于心。越研究六合彩，刘素英越觉得有意思，只凭几个数字和十二生肖，就可以发家致富，没有比这来钱更容易的路子。而头奖就藏在一张码报中。后生还讲，这些信息不仅来源于码报，并且高于码报，生活里的一切都和头彩息息相关，小到天气预报，大到新闻联播，庄家把破译密码的关键藏在了人世间好多地方，需要靠自己的慧眼去发现。刘素英连连点头，表示明白。同时下定决心，要搞些钱来。

　　第一次下注时，刘素英起得很早，目送黄顺利带狗离开之后，抓紧打开网页，就在加载完毕之时，清寡的街上传来三声狗叫，那一刻刘素英的天灵盖仿佛打开了，这是上天的旨意，准没错。几乎是一点犹豫都没有，刘素英率性下注三千块，押三和狗。

开奖那天，刘素英核对完号码，开心地拍起手来。账户里的钱翻了倍，简直喜不胜收。后生也讲，虽然只是翻了一倍，但第一次下手就开门红，实属难得，说明刘素英在六合彩上有极高的天赋，当然也有老天保佑。而老天爷保佑比天赋更加重要。刘素英当即双手合十，向天拜拜。有了资本，随后刘素英转换策略，将筹码分散，不再放在一个篮子里，下多个注，有赚有输，不咸不淡。刘素英觉得这样虽然稳妥，但有点无用功的感觉，但苦于老天再无旨意，不敢下大注，她静静地等待。

那天电视里在重播《还珠格格》，片头曲唱得响亮，唱到"让我们红尘做伴活得潇潇洒洒，策马奔腾共享人世繁华"这两句，荧幕上群马奔腾，扬起尘土，那一刹那，刘素英的感觉来了，立即跑到音像店，买了一套《还珠格格》光碟，回到家播放，暂停，数起马来，不多不少，正好二十八匹。刘素英起身，又跑到电脑前，下注，毫不犹豫把全部私房钱押上，这次绝对翻二十倍。激动万分，当天彻夜无眠。

对奖那天，刘素英反复对了几遍，马没有错，可数字错了，不是二十八，是十四，对半开，是啊，两句二十八，可只有一句里带马，必须除以二，那可不就是十四嘛。失之毫厘谬以千里，全部私房钱打了水漂。刘素英瘫在座椅上，两眼放空。黄顺利回到家时，见刘素英魂不守舍的样子，有些心软，讲："干吗要死要活的，不就是保姆嘛，我给你请一个不就是了。"刘素英含含混混地答应，脑子里却想，现在已经不是保姆不保姆的问题了。

黄顺利见刘素英无好转，吐一口唾沫，骂道："给脸不要脸！"

转天，后生上门，讲："婶，实在可惜，就差一点。"刘素英点头，说，"太可惜了。"后生安慰："没事，下次绝对回本。"刘素英摇摇头，看向窗外："没有本钱了。"后生怂恿："找顺利哥拿点，不就好了。"刘素英再摇头，说："拿私房钱押的，怎么敢讲。"后生思索起来，临走前对刘素英说他认识一些借贷的朋友，利率不高，并且手头还有一些小道消息，要是信得过，可以找他朋友拿一点，下一次连本带利全部回来，跟黄顺利什么都好交代了。后生写下电话号码，刘素英有些心动。

之后的几天，刘素英整日浏览六合彩论坛，见大家说得头头是道，心里越来越痒，脑筋再次活络起来，拨通了那个电话号码。后生带人上门，立下字据，十万块钱到账。对于号码选择，其实早就心有所属，决绝地，刘素英把钱全部押进了六合彩网站。当天刘素英就驱车去了市里的江心寺，烧香拜佛，暗暗祈求，希望佛祖开眼，保佑她刘素英荣华富贵。

佛祖自然不会理会这些俗事，刘素英借来的十万块钱再次全部打了水漂。之后刘素英整整一个月没敢出门，后生来敲了几次门，也都没开。后生给她打电话，说："婶，要还钱啊。"刘素英说，"我知道。"之后又过了一个月，仍旧没还，后生再打电话："婶，你拿不出钱，我只好去找顺利哥了，这利息滚下去，吃不消的，早还早轻松，我是为你好。"刘素英说："我知道。你不要去找顺利，我一定还你。"

而此时在天津的黄东东看不到目前所干一切的意义，他把亲戚当亲戚，亲戚却好像把他当外人。黄东东来到这里最主要的目的是学习一些技术，却发现亲戚只让他干一些杂务，开车拉货，清理机床，甚至还要喂狗。不仅如此，亲戚一家住在一块儿，他却要和雇来的外地工人住在拥挤的宿舍。工人们都比他至少大了一轮，几乎没有可以聊天的话题，大家聚在一起唯一的共同话题就是嘲笑黄东东的处男之身。在远离家乡一千公里的地方，黄东东再一次成为笑柄。这让黄东东异常难受。几个月下来，黄东东唯一学会的就是抽烟。

一天拉货，因为核对订单时出了错，少了一小批钢材，当着厂里所有人的面，亲戚把黄东东狠狠地骂了一通。黄东东经得住打，却受不了骂，脸憋得通红，感觉到自己的面子如长江水一泻千里，丢得精光。向老工人们瞄去，只见他们嬉笑地围在一起，对着黄东东指指点点。黄东东再也受不了，转身上了面包车，来到北京找我。我们约在一个饭馆吃饭，一见面便对我大吐苦水，把在亲戚那里受的委屈说了个干净。黄东东说："我最受不了的是，他们总是当着我的面笑话我爹，说他就是走运发了点财，不知道自己姓什么了，说我爹这样的人早晚有报应，还是大报应。"我说："真是一点都不避讳。"黄东东说："最要命的是，我觉得他们说得没错。"我说："那你接下来怎么打算？"他说，"我来就是想问问你，我该怎么打算？东西学不到也就算了，这个破地方，厂子外面全是高架桥，连个狗屁世面也见不到。"我劝他："事情毕竟还是你错了，回去认个错，他们也不会把你怎么样。要是想继续干，就看看能不能跟着工人学学，起码把今年熬完拿到钱了，明年再说。"黄东东吐完苦水，心情稍微顺了一些，点头说好。吃过饭，黄东东便开着他那破旧的面包车驶回天津，我目送他离开。

当地政府下发告示，禁止居民再私自上山打猎，黄顺利发了愁，他和三只家伙没有地方再去消耗精力，虽然上了点年纪，但黄顺利仍觉得自己和狗尚能奔跑。如今他去店里转完一圈便无事可做，想起自己的儿子，便给亲戚打了个电话，问黄东东的近况。亲戚在电话那头抱怨，说黄东东脑笨手笨，学东西慢，最近又损了一批钢材，白白浪费了不说，认错态度极其恶劣，简直冥顽不灵，难成大器。黄顺利赔了几句不是，挂断电话后立即拨通了黄东东的手机，刚要开口教训，却被黄东东撂断。黄顺利没骂出来，吃了个瘪，心里头一口恶气隔了一千公里无处发作，只好提前回家。恰巧这天早上，后生带了几个人在他家堵门，被黄顺利撞上。黄顺利不由分说，一声口哨招呼三只狗上前围住，黑棕灰咧嘴亮出犬齿，后生一伙忌惮，连忙表示是刘素英欠了钱，他们是来讨个说法。黄顺利觉得事有蹊跷，便带人进屋，找到正在顶楼的刘素英，又将其好声好气地带进客厅，了解前因后果之后，黄顺利对后生说："给我卡号，我把钱给你打过去。"后生留下账号，带人离去。刘素英失魂落魄，一言不发，黄顺利没有解开皮带，而是下楼牵狗，对着狗用污言秽语将败家媳妇和混账儿子骂了足足有半个小时，气势之足将狗吓得直向后退。黄顺利骂完，出门去银行打钱。至此黄顺利和刘素英便没有再说话，房子大的好处就是住在一起的人可以不用天天见面。

临近年关，黄顺利打算弄一票大的。他趁着返乡潮，低价收了一大批二手车，心中盘算，待开春返工，指定销路不错，一来二去，应该能把刘素英捅的窟窿给填上。因为过年，黄东东回来了，为了不让他察觉家中异样，黄顺利搬回了卧室和刘素英住，只是依旧不常说话。黄东东把一年挣来的钱，两万块，交到黄顺利手里，黄顺利对他说这两万块会先替他存着，目前算是参股到车行里，来年可以分红。黄顺利又从中抽出一千块，递给黄东东，让他当作生活费，黄东东收下。事后他对我说："我就觉得特别好笑，我自己挣的钱，他倒发给我当生活费。"

刘素英沾上六合彩的事情，黄顺利未对黄东东说起。我虽然从我妈那边得知了这个事情，但总觉得这种事情从旁人那里得知，实在难堪，于是我也未对黄东东提起，只是不知道蒙住他的鼓，什么时候会被敲破。回乡过年，我和黄东东在当地都没什么朋友，终日待在一起，实在无聊到让人发愁。黄顺利见我俩面如死灰，提出带我俩去钓鱼，黄东东兴趣缺缺，我不忍灭了黄顺利的兴致，出于礼貌点头说好。我们三人再次坐上当初那辆皮卡，那车现在显得有点旧了。我们没有带狗，寻了条河，停下，黄顺利拿出鱼竿，分给我俩一人一杆，教我们如何捏饵，挂钩，甩杆。我试了几次，不得要领，黄东东更不要提，动作僵硬，毫无天赋。只有黄顺利自己乐在其中。

我们三个人坐在河边，等鱼上钩。岭南的冬天如一场永远不会止歇的冷雨，裹住身体，感觉正仰卧在冰湖之底，缓慢死去。那年又恰逢寒潮，我的脚啊，则被冻得像深埋于冰川的石头，又冷又硬，沉重地再也抬不起来，最后，我感觉不到它们了。而眼前，河水淌过，混杂丘陵上带来的泥沙，混浊中偶尔掺杂几个塑料袋，我怀疑这里根本不会有鱼。如果有，那它们活得实在是太惨了。三个人太久没见，无话可聊，本也无话可聊。只有风吹过石头的声音，寒风刮过耳朵，耳朵也变成了石头。半个小时如同三千年那么漫长，这样的气氛可以杀人。黄东东看看我，给我一个眼神，我心领神会，放声感叹："太冷了。"黄东东附和："真的太冷了，冬天可真没法钓鱼。"黄顺利看看浮漂，说："再等等，马上就要有鱼上钩了。"黄东东转身离开，说："等不了了，太冷了，你钓吧，我去车上等你。"黄顺利连忙收线，说："那回去吧。"

虽毫无收获，但有种感觉终于结束的释放。坐上车，黄顺利把我们载回了家。到楼下，黄东东发现灰有些不对劲，唤道："爹!"黄顺利闻声赶来，蹲下查看灰，只见灰瘫软在地上，耳朵塌下去，正在瑟瑟发抖。黄顺利转头检查食盆，满满的，一丝未减。仿佛有些不妙，黄顺利将灰裹上毯子，放在车的副驾驶位，驱车直奔镇上唯一的兽医站。

黄东东和我讨论，怀疑是天气太冷，灰有些着凉了，于是我俩将黑和棕搬进了屋子里，又搬来小太阳，两人两狗，一起取暖。等待黄顺利回来的过程中，我们聊起上次灰走丢的事情，我问他："那次你爹没有冤枉你吧?"黄东东回答："没冤枉。"我说："那你是活该了。"黄东东感叹："那次打得可真他妈狠啊。"黄顺利回来后，将灰抱进来，黄东东问："医生怎么讲?"黄顺利把灰放到毯子上，掏出一袋药粉，调水搅开，灌进灰的嘴巴里，嵌住，待灰咽下去之后，他才松开手。黄顺利这才回答黄东东的问题，说："医生说它太老了。"

虽然吃了药之后灰恢复了一些胃口，吃下了一些食物，但在除夕前一天，它还是死了。尸体太大，花圃太小，埋不下。黄顺利拿一块旧床单裹好灰，开车到无人居住的老宅，那宅后面有一大片无用的土地。我们三人，一起挖了个坑，黄顺利抱着灰小心放进去，点了三炷香，插在地上。我们再铲土，将其埋好。黄顺利看上去有些哀伤，他的平头依旧短而利落，但仔细观察，当阳光射来时，还是能发现他的白发。随着灰的死去，我意识到黄顺利真正地老了。他应该也意识到了。

过完年之后，黄东东和我聊了一下，说亲戚虽然悭吝，但去年下半年跟着一个老伙计，还是学到了一些手艺，起码工艺流程算是基本摸清楚了，所以最后决定还是要返工。我自然支持。临行前黄顺利又塞了五千块给黄东东，让他平时吃些好的，黄东东收下，但未道谢，因为他觉得那还是自己的钱。

柳市电器市场过度饱和，扶持政策全部下架，大批规模较小的民营工厂支撑不下去，过年返乡之后，就没打算再回来。黄顺利没察觉到这一点，直到开春之后，看着平日热络的电器大街如今冷冷清清，他才意识到好日子可能已经过去了。果然，他低价收的那些二手车，最后一辆也没卖出去，全部压在手里，停满了整个车场。黄顺利又要保持车况，又要发工资，另外还要付租金，成本过高入不敷出，一下子黄顺利的资金变得极其紧张。黄顺利四处奔波，寻找客户，甚至打算把车低价销到翁垟去，结果被翁垟的二手车商户联合赶了出去。

三月份，车行一名管账的伙计察觉到形势不对，卷了账里本就不多的资金，连夜跑路。黄顺利报警，警察核实情况后发现，这名伙计本就是在逃人员，挪用公款被警方通缉，身份证是假的。警方对黄顺利表示，资金追回的希望不大。黄顺利只好退了一间铺子，不再续租，顺利二手车的招牌，现在只剩下"二手车"三个字，除此之外，还不得不拆掉了黄顺利引以为傲的霓虹灯。至此顺利二手车行彻底没落，不再闪耀。无奈之下，黄顺利找到我的大姨父，借了几万块，勉强支撑。

事业上的难题黄顺利未对任何人提起，在人前仍然保持潇洒形象，包红包依旧毫不手软，应酬时仍然主动抢单付账，他认为这是联络客户必不可少的社交手段，彰显资金的雄厚可以增添客户对他的信任。这是一种面子，往高了说，这是一种尊严。只是套了几张信用卡之后，黄顺利终于见底，游走于失信人名单的边缘，终日愁容满面，苦苦思索来钱的路子。

一天，黄顺利从朋友那里听说住在虹桥的老刘中了六合彩，换了台奔驰，牛气极了。黄顺利想起刘素英给他讲当时她第一次中奖时的情形，连忙回家，找到刘素英，问："那个六合彩，靠谱吗？"刘素英有点愣，反应过来，把第一次中奖的情况原原本本重新讲了一遍，这次添加了许多心理细节，从惴惴不安，到莫名兴奋，再到冲动狂喜，节奏十分抓人，勾住了黄顺利的心。听完之后，黄顺利把店里的情况给刘素英讲了一遍，再问："六合彩是不是条路？"刘素英听完情况，没想到江河已经日下，有些呆滞，最后点头，说："天无绝人之路的路。"黄顺利点头，说："只要中奖，全部都解决了。"

黄顺利雷厉风行，问了后生的住址便立即找过去，后生一脸恭顺，打招呼："顺利哥。"两人寒暄几句，聊到正题，后生问："要拿多少？"黄顺利伸出五个手指头，说："五十个。"

后生有些意外，说："顺利哥遇到难事了？"黄顺利说："不要问。"写好借条，签好字，黄顺利离开。当天下午，钱就到账了。

摆在黄顺利面前的是两种策略。一种是把五十万分成五份，每注押十万，好处是分散风险，提高中奖概率；坏处是中了一注，其他四注必然打了水漂，收益倍数也难讲，稍微乐观一点的情况是奖金刚够还这五十万，最坏情况是颗粒无收。另一种是这五十万全押一注，一损俱损，一荣俱荣，只要押中，解决全部问题。黄顺利思来想去，选择了后者。但这并不代表黄顺利就是一介莽夫，既然五十万集体出动，那不得到来自上帝关于六合彩准确的预兆，他绝不出手。

黄顺利和刘素英开始寻找神的指示，由于这个缘故，这对结婚多年的夫妻重新开始了交流。除了时常交换对于码报的看法，其他内容从不明确指向什么，含糊不清，一言半语，例如："刘娜的父亲去世了，七十八岁，属鸡。"又或者："今天新闻联播，讲到玉龙雪山，再看天气预报，说台风要来了，台风叫龙王。"再如："西游记里，一猴一猪一马，十二（生肖）分之三。"两人就这样，在现实的大海里打捞只言片语，寻找神的语言，但总挂一漏万，没有一句现代诗能同时敲动两个人的心。

日子一天天过，利息也不停地在涨，黄顺利心理上的负担逐渐加大，但又苦于找不到信号，使得自己畏首畏尾，情感上十分憋屈。一天，他坐在阳台上，看着离自己很远的云朵卷舒，冥冥中感觉，事情不该是这样，可能走错了方向，神就在身边，不应去远方。天上的云像一只灰狗。想到这里，有些兴奋，找到刘素英，确认第一次中奖时的迹象。"三声狗叫。"刘素英清晰地回答。黄顺利问："是同时三声，还是先后三声？"刘素英答："先后三声，我记得很清楚。"黄顺利再问："我那时走了多久？"刘素英答："没有多久。"黄顺利拉刘素英跑下楼，看着自己剩下的两条狗，手指头搓动，黑和棕很有默契，一只狗各叫了一声，黄顺利问："是这样的狗叫吗？"刘素英努力回忆，说："我怎么分得清？狗叫都一样。"黄顺利说："怎么分不清，每只狗的叫声都不一样。"刘素英说："我又不是你，我不懂狗。"黄顺利说："那你仔细再想想，是不是一样。"说着又指挥狗叫了两声，刘素英闭起眼睛，仔细琢磨，说："一样，但感觉又不一样，毕竟那时是三声，现在只有两声，很难讲。"黄顺利认定了，说："我懂了。"

黄顺利回到楼上，坐到电脑前，想了一阵，狗不变，灰死了，三变二，很简单，简单到看上去有些荒谬。如果早点参透就好了，老天爷从来就不在西天，老天爷就在身边。五十万块钱像一筐豆子全部倒进去，黄顺利向后倚去，看上去轻松了许多。

开奖前的三天，黄顺利过得很平静，每天去店里转转，回到家陪陪狗和刘素英，晚上喝点酒，沉沉睡去，非常安稳。每天晚上，黄顺利重复做一个梦，梦里，他盘坐在桥上，三只狗围着他，黄东东和刘素英从很远的地方跑过来，越跑越年轻，黄东东变成孩子，刘素英变成了刚结婚时的模样，三个人带着狗从桥上跳下去，丝毫没有慌乱，一艘游船将他们接住，河面倒映出黄顺利的模样，是身着草裙的人猿泰山。

开奖那天，黄顺利醒得晚了，起身时刘素英已经不在床上，在电脑前找到了她。刘素英点击鼠标，不断刷新页面，表情凝重。黄顺利感到不妙。黄顺利问，语气不安："怎么了？"刘素英站起来，说："你自己看吧。"说完走到阳台，抽烟去了。黄顺利坐下，盯着屏幕，一等奖开奖信息出来了，生肖确实是狗，但数字却不是二，而是三。黄顺利反复刷新，确认了五十多遍之后瘫在座位上，仿佛身体里全部的血液被一口气抽干，脸色煞白，就像五十万被他站在山崖边抛了下去，全部没了。很久之后，黄顺利嘴巴张动，念道："它死了，我就把它抛下，是我不对。"

黄顺利借了一圈钱，人们如躲避瘟疫那样躲着他。借钱无果，黄顺利消失了。那之后的三个月，黄顺利都没有露面，没人知道他去了哪里。后生几次要账无果，就带人砸了黄顺利家一楼全部的玻璃，刘素英害怕他们破门而入，将狗放出来，看住各个入口。坊间盛传，说黄顺利沉迷六合彩把家都败光了，欠下一屁股债，丢下媳妇儿子狗，跑路了。后生给黄顺利发短信，威胁黄顺利如果再做缩头乌龟，只好听大哥吩咐宰他的狗，劝他露面，好好协商这个事情该怎么解决。短信石沉大海，黄顺利依旧没有露面。

方法用遍，后生把电话打到了黄东东手机上，黄东东头一次接到时，还以为是电信诈骗，骂了几句就挂断电话。之后电话短信轰炸，黄东东仔细听下来，又向我妈和各家亲戚打听，才确认这是事实无误。黄东东立即辞了工，工钱一分不要，连夜赶回柳市。黄东东站在家门口，看着自己家，当年冠绝全镇的洋楼风光不再，镇上其他家后来新盖的房子全都比它高，比它新。而黄东东家如今看上去旧得彻底，楼身外贴的瓷砖发黄发暗，靛蓝色的玻璃颇为突兀，土不土，洋不洋，仿佛一个烂笑话。进到家里，假山老得像一座真山，水塘里的水早就干涸，鲤鱼们没有了踪影，估计早已死透。上楼，找到两眼无神的刘素英。见到黄东东，她才有些反应，问："你都晓得了？"黄东东点头，刘素英无声流泪，半晌，才说："都赖你爸。"

把刘素英送到大姨家之后，黄东东又来到店里，铁拉门紧闭，挂了两把大锁，几个月没发工资，伙计们早就跑光了。望进去，能搬的已经被搬空，一地鸡毛，荒凉而破败。黄东东又去检查停在车场的二手车，大部分本就是老旧车辆，车况本就不好，又缺乏保养，很多连火都打不着了，黄东东记下还能勉强启动的汽车的数量。

第二天黄东东约见后生。后生较黄顺利是后生，但较黄东东而言是长辈。黄东东恭敬地喊："叔。"两人确认数额，这几个月，五十万又滚出十五万的利息，数字看得黄东东有些眼晕，确认借条上的签名，横七歪八，稚嫩得像是六年级小学生的笔迹，是黄顺利的笔迹无误。黄东东求后生再宽限几天，家里实在是没钱，后生见黄东东态度诚恳，答应再给三天，三天之后无论如何要见到钱，不然只能走法律程序用房子抵。黄东东千恩万谢。

回家路上，黄东东脸上愁得发紧，给我打了个电话，问我能不能去帮他向我妈借些钱，我问多少钱，他说六十五万。我吸了口凉气，挂断电话，并未给我妈打电话。过了一阵给黄东东打回去，说我妈让他不要管这事，这是他爹的事情。黄东东没有回答，电话打完也就到了家，瞧见狗，两只狗耷拉着脑袋趴在地上，了无生气的模样。黄东东搜刮冰箱，找出些剩菜剩饭，热一热，拌成狗食，喂给黑和棕。

这时门外一阵汽车声，黄顺利出现在后门，黄东东站起来，盯着黄顺利，黄顺利走过来，问："你去找后生了？"黄东东点头，黄顺利继续问："你去找他干吗？"黄东东见他爸一副理直气壮的样子，气不打一处来，讲："你躲着倒蛮好，没看玻璃全被他们给砸了吗。"黄顺利说："玻璃砸就砸了，值几个钱。"黄东东说："再不还，人家说就不是玻璃的事了，要拿房子抵。"黄顺利说："他妈的，这小子真阴啊，盯上祖产了这是。"黄东东说："你欠钱不还，你还有理了。"黄顺利说："我欠的钱，他们找我就行，你现在出头讲几句，以后又要找你了，知道吗？"黄东东嘟囔："你他妈还知道是你欠的啊。"黄顺利敏锐地捕捉到"他妈"两个字，说："现在讲话敢冒脏了是吧。"黄东东说："就冒了怎么了。"黄顺利盯着儿子，说："现在会顶嘴了是吧。"黄东东一点也不怕，如今他人高马大，早就不是当年那个小胖矮子，把腰挺得直直的，说："爹，我求求你了。"黄顺利不语，黄东东继续说："你都把家里败成什么样了，能不能不要再这么牛的样子，你跟我能耐什么啊，我是你儿子啊，你跟外头人牛去啊，你还知道是你欠的钱，抛下妈就躲起来了，连他妈狗都不要，真有你的，操。"黄顺利继续不语，呼吸明显变得急促起来，右手缓缓摸上腰带，看了看黄东东，手最终垂了下去。

狗吃完了食物，抬头又看见黄顺利回来了，尾巴摇起来，整个狗都精神不少，黄顺利不再与黄东东说话，蹲下摸狗。黄东东感觉自己刚才的那番话说得有些过分，但也不知道该怎么办。许久之后，只见黄顺利站起来上了楼，提着他的药酒，接着走进工作间，拿出许久未见的那柄弹弓和装满子弹的皮袋子，又拿了柄榔头，黄东东不安，问："你要干吗去？"黄顺利说："听你的，牛去。"说完，黄顺利牵上两只狗转身走出了家门。黄东东听见汽车启动的声音，顺着声音的方向望去，已经什么都看不见了。

黄顺利驾车直接来到后生家门口，下车，拉开弹弓，发射，一枚石子击碎窗户上的玻璃，发出清脆的声音，两只狗一左一右为其护法。晚上寂静的街道被这声音点亮，一枚石子接着一枚石子飞出，后生家的玻璃一面又一面应声而碎，街上住户家的灯逐渐亮了起来，不少人的脑袋从阳台和窗户探出来看热闹，有人认出黄顺利，吹起口哨叫好："干得漂亮啊，顺利！"后生家的灯也亮了，背靠窗户传出声音，说："黄顺利，我操你妈，你想干吗！"黄顺利继续发射，打完一楼的窗户开始打二楼，说："后生仔，你别出来，出来打到你就不好了。"后生骂道："黄顺利你个狗生的，欠钱不还还这么嚣张，你他妈给我等着！"两只狗还以吼叫，后生不敢再骂。拆窗完毕，黄顺利驾车扬长而去，临走前他对后生喊："要找我就去老宅，我他妈等你，不来的是纯狗生的。"

当天夜里，后生就找了四个兄弟伙，去老宅找黄顺利。他们知道黄顺利两条狗的厉害，特意带了刀子。到老宅时，黄顺利正坐在那里喝酒，手边放着他的榔头。狭路相逢，并没有废话，后生一伙五人，围向黄顺利，黄顺利握起榔头，后生亮出刀子。歹徒们踏进门一瞬间，黑与棕从门侧扑出，扑倒两人，人与狗扭打起来。剩下的三人，则扑向黄顺利。黄顺利占住角落，手中的榔头极稳，后生出刀一刺，被黄顺利敲中手腕，顿时无力，匕首掉落。另外两人对了对眼色，同时扑了上去，三人扭打在了一起。后生站起来，试图按住黄顺利的腿，榔头敲砸在他身上，发出闷响。混乱中，黄顺利感到腹间剧烈刺痛，低头，血已经染红了夹克衫，他猛力甩出榔头，砸歪一个人的鼻梁。再一挥，又一人的牙齿断裂。难解难分时，一阵低沉而凛然的兽嗥从背后传过来，回头看去，黑正咧开牙，雪白的牙齿已被血染红，那两个对付狗的兄弟，已不见踪影。黑死死盯住三人，三人心底漫出一种被阴森浸染过的恐惧，仿佛面对的不是一条杂种狗，而是一只从万人坑里爬出来的野兽。三秒之后，黑扑过来，三人躲开，转向，向屋外跑去，黑直追而出。

黄顺利艰难站起来，解开衣服，检查伤口，发现肠子已经流出一截，他把衣服抻开，兜住自己的肠子。站起来后，他才发现棕已倒在地上，身上血流一片，棕色的狗毛与暗红相染，化作死灭的色彩。黄顺利蹲下摸棕的脖子，已没有了跳动的迹象，取而代之的是一片死寂，一种哀伤在黄顺利的身体里蔓延开来。黑回来了，看看黄顺利，看看棕，没有了先前的凶蛮，发出些许鼻鸣。黄顺利靠着墙边坐下，拿出手机拨通了急救电话，惨白从他皮肤的底层渗上来，报上地址，他的眼睛慢慢闭了起来，这个世界被拉远到了地球的另一端，他看见自己骑摩托载着黄东东，在风中穿梭。

　　黄东东赶到医院时，黄顺利躺在床上，奄奄一息，见黄东东来了，挤出笑容，说："医生说我命大，这种伤口一般人早就死透了。"黄东东沉默不语，黄顺利继续说："这事你就别跟你妈说了，怕她担心。"黄东东眉毛挑起来，说："你还知道怕别人担心，我以为你不知道呢。"黄顺利说："这事情不解决不行，警察来过了，现在差点闹出人命，他们估计也不敢再搞什么了。"黄东东说："有这么解决的吗？"黄顺利说："我就这么解决。"沉默。黄顺利想起什么，说："对了，儿子，你再帮我一件事。"黄东东有些反感黄顺利管他叫儿子，但没办法，他确实是他儿子。黄东东问："什么事？"黄顺利说："棕死了，你帮我埋一下，送送它。"黄东东无可奈何，感叹："总有东西会被你拖累，不是人，就是狗。"黄东东转身要走，黄顺利喊住他，说："东东，谁看我不起我都无所谓，但你看我不起，我实在伤心。我总归是你爹，你没得选，我也没得选。这辈子，什么滋味都尝过了，现在是顶难受的一种，不过你放心，我以后也不会拖累你，拖累你妈了。"黄东东不知该如何回答，走出了病房。

　　黄东东买了袋香，来到老宅，找到棕的尸体，在埋灰的位置旁挖了个新坑，埋好，盖土，再烧香插下。再去到大姨家，接刘素英回了家，刘素英问发生了什么事情，黄东东闭口不谈。回到家时，黑已经在它的窝里卧好了，显得既疲惫又落寞，黄东东上前摸了摸它的头，黑闻起来臭得像一具尸体。黄东东接上水管，给它冲洗，洗过，黑甩动躯体，毛发耸立，水珠漫天挥洒，阳光穿透过来，像一阵大雨。

洗过狗，刘素英过来，递给黄东东一个信封，打开一看，里面是两万块钱，刘素英说："你的钱，你爹给你存住了，还吩咐我，怎么样都不能动。"黄东东塞回去，说："现在给我是什么意思？"刘素英又塞回来，说："拿着出去找个活，家里这样，也不能帮你什么，总要养活自己。"

黄顺利出院之后，就和刘素英办理了离婚，要离婚时，平时不出现的亲戚像幽灵一样出现了，轮番来劝，黄顺利却固若金汤，油盐不进，铁了心要离。其实全过程刘素英一句话未讲，算是默认。黄顺利离开时带走的东西不多，只有一辆破车、一条黑狗、一罐药酒、一箱子工具和几件衣服。洋房建在刘素英家的土地上，于是黄顺利搬回了自家老宅一个人住，只有黑陪着他。偶尔靠好心的熟人介绍，出去接一些维修的活，勉强维持生计。年纪大了，加上受过重伤，空闲时间不能再漫山遍野地跑，只能喝酒。黄东东去看过两次，劝他少喝点，他说："不喝伤口就疼，喝了就不疼。"黄东东也不再劝。"后生要是再去找你们，你就让他来找我，现在我和你俩没有关系了。"黄东东讨厌这种自我牺牲的戏码，总觉得黄顺利做这些是在换取些什么，他说："你放心吧，捅了人，他就不知道跑到哪里去了。"黄顺利满意地喝一口酒，说："等我身体再好点，等天气再暖和一点，我们再一起去钓鱼，这次肯定能钓上来。"

黄东东拿着两万块钱，到翁垟找了一个初中同学，合伙开了个二手车铺，黄东东带着黄顺利之前收来的车入股，平时负责给车保养维修跑手续。初中同学负责找客户，卖车。店铺门面极小，只有二十平。生意虽然不大，但好歹是自己的营生，黄东东干起来也有劲头。

对于离婚，刘素英没感觉到有什么，像是一个已经消失的人再次消失了。她把家里临街的前庭租了出去，租金不多，但不给儿子造成负担，她就已经满意。前庭变成一家日用杂货店，客人走进店里时，在东北角能看见一座偌大的假山，假山上张贴着刘仪伟代言的拖把品牌广告，算是奇景。从此刘素英和黄东东，只能从后门进出家里。

黄东东时常疑惑："借来的五十万好歹也是真金白银，就这样不用还了？"以至于他时常睡不好觉，总觉得再会有人上门讨债。一则好消息打消了他的焦虑，新闻播报，市里警方重拳出击，捣毁了以龙湾地区为中心，联结乐清、柳市、虹桥、白象的特大地下"六合彩"赌博网络，三十三名犯罪嫌疑人被移送起诉，其中可能就包括后生的上家。黄东东把这个消息告诉了黄顺利，黄顺利听到后无动于衷，没有提出回来住的意思，这正合黄东东意，他怕的就是万一黄顺利要是想再回来住，自己该怎么拒绝。

生活似乎就此进入了一种脆弱的平稳，但想起独居的黄顺利，黄东东总会有种隐隐的担忧。"这种担心不是关心他过得怎么样。"黄东东对我说，"就是特别像床底下埋了个定时炸弹，不知道什么时候又会惹出什么祸来。"知父莫若子，果不其然，两个月后，黄顺利因为醉驾被警方抓获，当场吊销了他的驾照，亲戚各种关系疏通，才免了拘留。黄东东跑到黄顺利那里，将黄顺利大骂一通，指责他一把年纪了，还干这种傻事，蠢到家了。黄顺利低头不语，看上去十分自责，发誓再也不会给家里添任何麻烦。认过错之后，又小心翼翼问起，黄东东认不认识什么人有途径可以买到驾驶证，开不了车实在是太不方便。黄东东气得摔门而出。

黄东东就此认定他的父亲死性难改，再也不去看望黄顺利。直到某天回家时，在后门瞧见了黑，黑见到他，上来围着它转，又跑到街口，仿佛是在示意黄东东跟它过去。黄东东好奇，跟狗而行。黑在前，黄东东在后，路上，黄东东心里感觉有些不妙，预感黄顺利又惹祸了。到达老宅，黄东东心里的不安得到了证实，只不过看见的是黄顺利正面朝下，整个人平摊开在地上，黄东东连忙上前，扶起黄顺利，黄顺利满身酒气，已经没了呼吸，摸摸他的手，冰凉。黄东东按捺住心里头的慌乱，拨打急救电话，等待救护车的过程中，黄东东不敢近黄顺利一步，坐在陈旧的马扎上，盯着黄顺利的躯体。救护车到了，搬走黄顺利，这时再去找黑，黑却已经不见了。

医生说黄顺利死于脑溢血，脑袋里一整根血管爆开来了，真够倒霉的，这样的病人每年都要有两三个，全都是喝酒喝的。黄东东无语，想起黄顺利曾说医生夸他命大，对照来看，相当讽刺。看着死去的黄顺利，黄东东有一种错觉，仿佛他的父亲现在只是睡得比较深沉，住在梦里不肯出来，或许明天就会苏醒。直到看见死亡证明上黄顺利的名字，他才确认，自己的父亲真的死去了。死亡如一条河流，把人们身上未尽的枝丫和罪恶的尘土，一并带走。刘素英赶到后，当场在医院哭得不成人形，黄东东讲不出一句安慰的话，只感到原来已经消失的人真正消失时，仍会为世界带来哀伤。

黄顺利的葬礼，我也去了，看着黄顺利的尸体，我总觉得那只是他用坏了的身体，他仍然飘荡在某处。黄东东看上去并不悲伤，反而浑身散发出一种卸下重担的轻松感。丧事办得十分简单，请和尚诵了一天经之后，就把黄顺利的尸体送到火葬场火化了。按照柳市习俗，怎么也要诵到头七的。而黄东东决定，要飞快地用抹布抹掉这一小块耻辱。到封棺下土，黄东东都未曾留下一滴眼泪。抽烟时，他对我聊起现在的事业，说虽然离得比较远，每天开车要半个小时，但好在那边没人认识他和他爸，全都是陌生人，对他不会有奇怪的看法。我说："那挺好的。"他继续说："你还记得咱们上学那会，有一次我和张克帆打起来了吗？"我当然记得，当时学习委员张克帆特别喜欢欺负黄东东，最过分的一次，莫过于抢了黄东东的书包，拿到厕所，往书包里灌水。黄东东忍无可忍，动手打了张克帆，没想到，张克帆没有还手，转头就报告给了班主任。黄东东学习成绩差，班主任本来就对他有看法，如今打人，简直不可饶恕，电话通知黄顺利，必须来学校一趟，好好处理此事。

那天下午的课间，我们听见一阵巨大的轰鸣声，集体跑到楼道里观望，只见一辆重型摩托车疾驰到操场中间，停住，我认识骑车的那个人，是黄顺利。当时操场还全是黄沙地，沙被扬起来，漫天尘土。多年后的春天我在北京遭遇沙尘暴，总会想起那天。黄顺利戴着墨镜，从车上走下，潇洒极了。我们目不转睛，看他大步走进办公室，拉着黄东东再大步走出来，抱起黄东东，放到车的后座，拧动油门，扬长而去。整个场面让我羡慕了好几年，张克帆从此再也不敢欺负黄东东。

"这个疤就是那天被烫的。"黄东东卷起裤腿，露出疤痕，"当时我还觉得，他是个好爹。"我问："现在呢？"他摇摇头，说："现在不了。"

办完丧事，刘素英找来我的大姨父——他的职业是一名道士——给看看风水，她感叹这几年实在不顺，是不是哪里出了问题。黄东东痛斥："迷信。"大姨父拿着罗盘，在一楼转了一圈，到花圃前停住，指了指，吩咐黄东东："挖开。"黄东东拿出铲子挖开泥土，下面是一具骸骨。大姨父问："这是什么的骨头？"黄东东回忆了一下，答："黄鼠狼。"大姨父吸了一口凉气，说："谁杀的？"黄东东答："狗杀的。"大姨父问："狗呢？"黄东东答："死了。"大姨父止不住地摇头，说："无知乃灾祸。"

大姨父把骸骨挖出来，让黄东东拿了个盆，将黄鼠狼的尸骨放进去，铺一层当天的报纸，浇上白酒，点燃。火光中，大姨父又从兜里掏出两张黄符，丢进盆里，嘴里含混不清地念了段咒。接着让黄东东和刘素英从盆上迈过去。两人照办。与此同时，大姨父从包里拿出一个铃铛，一边摇铃铛，一边嘴里继续念咒，将几层楼全部巡了一遍。巡完，火已熄灭，待盆冷却，大姨父提起盆："剩下的交给我就行，你们最好把土给换一换。"刘素英答应照办。临走前，大姨父再掏出四张符，贴在洋楼东南西北四个方向的墙上。

据黄东东回忆，当天夜里他就做了一个奇怪的梦，梦见自己独自一人在一片看不见尽头的针叶林里匍匐前进，想站起来却无论如何也站不起来，突然，西边的山炸开，石砾乱飞，山开始崩塌，他想逃，但仍站不起来，尘雾中，传来"噫呀——"的声音，一个裸体的男人从林间利用藤蔓摇摆过来，一把掠起在地上的黄东东，黄东东的脖子被他的手臂死死勒住，喘不上气，意识逐渐模糊。接着黄东东惊醒，从床上坐起来，后背已被汗打湿了一片。

两年后，得益于国家掀起的基建大潮，当地电器市场也跟着逐渐回暖，黄东东和合伙人保持低租金高服务的经营模式，在虹桥开了家分店，手头也富裕了一些，还谈了个对象。对象是刘素英安排相亲的，黄东东觉得对方人不讨厌，就谈下来了。谈了一阵，刘素英说黄东东年纪不小了，要先把婚订了，黄东东觉得对方人不讨厌，就把婚订下来了。按照柳市的习俗，订婚也要走程序，订婚那天我做伴郎，给他开车。车上，他跟我讲，最近欧洲杯开赛，自己押球赚了不少，让我也试试看，我劝他少赌一点。晚上在黄东东家摆酒，我和一大堆不认识的人坐在一桌，还要招呼吃喝，有些尴尬。

订婚宴进行到一半，有人呼喊："新郎不见了！"大家楼上楼下找了一圈，没有找到，刘素英吩咐我去外面寻找。我出门寻了一大圈，最终才在老旧洋楼南侧的后巷里找到了他。那时他正背对着我，面朝另一侧，那是一条过往车辆的宽阔公路。黄东东只留给我一个后脑勺，我呼唤了三遍他的名字，他并没有回头，仿佛瞧见了什么奇景。

我用力再喊："东东！"黄东东有了反应，回头看我，脸上挂满了泪水，说："我刚听见几声狗叫，就过来看看。"我走到他身边时才发现，公路的另一头坐着一团深沉的黑色，那是一条通体发黑的老狗，它认识我，我也认识它，我们是老朋友了。我曾见过它跃起咬死野兔，也曾见过它试图挣脱一条铁链。见过它得意，也见过它落魄。它威吓过我，也取笑过我，而我畏惧过它，也抚摸过它。它是一条杂种狗，自始至终没有名字。如今，它像一个老得不能再老的垂暮老人，坐在时间的起点和终点，静止般朽迈。汽车驶过，车灯从它的眼睛里折射出的只有疲惫。它没有力气再进行任何吼叫了，仿佛随时都有可能倒下，但又感觉它永远不会死去。它坐在那里，看了我们一会儿，起身，钻进身后的荒草，不知去向，像一个影子融化在黑夜里。

箱

子

我在荒郊小路上奔跑。头顶上太阳开足马力闪耀，闪得我浑身大汗。开了龙头似的汗水不断流进我的眼睛，我只好频频抬手擦拭。而我另一只手里提着的，是一只黑色手提箱。这只皮箱来头不小，是我历尽千辛万苦才从敌人手里偷出来的，光是想想刚才差点被将近一个师的军力包围，我就有些后怕。命险些就交代了。跑到工厂时，苏静川也刚好抵达，看她的模样也像是遭了不少罪，衣服都湿透了，汗从她的发梢上一滴一滴掉落。要知道她可不常流汗。我问，拿到了吗？苏静川提起手，手里是一只和我一样的黑色皮箱。我笑了一下，说，干得漂亮。她说，那当然。

　　在等待验货人的时间里，我们讨论起箱子里到底是什么东西。箱子上挂着金色的密码锁，结实又贵，看样子不好打开。我推断，有可能是钱。苏静川说，没新意，就这俩箱子，能装多少钱？我说，反正是贵重的东西，比如金条什么的。苏静川说，你到底有没有常识，金条能这么轻？说着，她把箱子提起来扔了一扔，轻松接住。我说，你小心点！到底是重要的东西。苏静川说，我心里有数。我拿起箱子，摇了摇，里面发出液体晃动的声音，再摇了摇，又没有了。我说，太奇怪了。苏静川说，好办，一会儿头儿来了，等他验收的时候，咱们悄悄瞄上一眼就行，是什么东西，一目了然。

我们休息了一会儿，擦了擦身上的汗。苏静川不停抱怨最近真的是越来越热了，天天下雨，还天天这么热。我说如果有炼狱，应该就是这样，每天下一百摄氏度的滚烫开水。验货人在约定时间到了，开着一辆和他身份不太搭的红色野马。他先从车上下来，接着又从车上下来三个人，统一着装，黑色西服不打领带。他们不热吗？验货人上来和我还有苏静川握手，他的手汗津津的，看来也挺热，但估计单位有着装要求，实属没有办法。

验货人说，你好，我是姜。他身后的手下仿佛排练过一样，井然有序地报上了自己的名号："你好，我是宇。""你好，我是辉。""你好，我是高。"

我和苏静川只能连声说你好你好。

姜问，箱子？我和苏静川把手里的箱子递上，交给姜。高和辉接过，姜和宇回过身，四个人正好围成一个圈，把我们阻隔在外面。我和苏静川对了对眼神，悄悄地，不发出一点声音地靠近四人，先是听见转动密码的声音，接着是"啪嗒"一声，箱子开了。我们使劲往里瞄，可四个人实在高大，并且纪律严明，不露一丝缝隙，什么都看不见。又听见"啪"的一声，箱子合上了。我看看苏静川，摇了摇头，苏静川也摇了摇头。

四个人低声讨论了些什么，姜回过身，对我说，东西没错，但。

我感觉不妙，说，但什么？

姜说，应该有三只箱子。

苏静川说，我们接到的任务就只有两只。

姜说，是最新情报，还有一只，而且是最重要的一只，这两只和那一只比只能算半只。

我有点没换算过来这里头的比例关系，估摸他意思是总之那一只特别重要。

我说，那上头的意思是？

姜说，还得劳烦两位再跑一趟。

苏静川说，就一只箱子，一个人去就行了吧？我翻了一下白眼，这臭娘们儿想偷懒。

姜说，因为这只箱子的重要性，还请两位一起行动，务必把箱子带回来。

我说，想偷懒，没门儿。

姜沉默了一会儿，郑重地说，必要的时候，可以牺牲。

苏静川说，行了，我们知道了。但这大热天，我们跑过来实在很累，你的车子能不能借我们用用？

姜说，你们没有交通工具吗？

我说，我们那点工资，哪儿还得起贷款啊，既然箱子重要，我们也都是为了完成任务，你们四人在此处等我们，我们去取个箱子就回来。

苏静川甩了甩手上的车钥匙，姜有些惊诧，不知道自己的车钥匙何时到了苏静川的手里。我们钻入野马，发动汽车，扬长而去。

　　苏静川把车开得极快，似乎右脚就没松开油门一下。我把空调开到最大，终于稍微凉快一点儿了，我长长地出了一口气。人在世间就这么点儿追求。狭长的林间小道，一株又一株侧柏掠过，她穿梭自如，仿佛上辈子就是这条路。我坐在副驾驶累得昏昏欲睡，思绪乱飞，想起刚认识苏静川的时候，从那时起就是她主掌方向盘，多年来我已经习惯了在摇晃的副驾驶上哈欠连天，就像习惯了巨浪的水手。苏静川打断我的思绪，脸色比较严肃，说，我刚想到，万一没有第三只箱子怎么办？我说，怎么可能，组织从来不会欺骗我们。苏静川说，很有可能那两只箱子就已经特别重要，重要到要消灭见过它们的人，等我们回去，发现是一个巨大的陷阱，十几把冲锋枪对着我们，怎么办？我说，还能怎么办，你话都说到这份儿上了，牺牲呗，这不就是咱这工作么。苏静川说，要牺牲你牺牲，我才不牺牲。苏静川一脚急刹车，我差点从座位上飞出去，熄火后，她说，到了。不远处一座发着暗光的大楼，森严，肃穆。

　　我们把车停在距离大楼稍远的地方，从东南侧的灌木丛里穿过去。绕开高压电网，计算好塔楼探照灯的巡逻时间，从一面窗户钻入了大楼。一回生二回熟，轻轻松松。大楼里昏暗一片，好像是为了省钱特地不开灯似的。等进入大楼，我们才意识到事态有点棘手，因为姜并未告诉我们第三只箱子的确切位置，而整座楼大得像一座迷宫，无数个房间和严密的守卫，一间一间地寻找风险系数实在太高。苏静川说，姜没有提供确切位置，说明他们也不知道确切位置，只能靠我们自己了。我说，还是分头行动？苏静川说，这次不了，我们一起，我预感不好。我从来都相信她的预感，于是我说，好。

我们搜查一间又一间的房子，每一间房子看上去都大同小异，老旧的文档柜和巨大的办公桌，桌上摆着一部电话。装修风格我很熟悉，因为我爱看苏联电影。唯一的好消息是我们掌握了每一层保安巡逻的时间排表，能够较为安全地进行搜查。不过难免发生意外，最惊险的一次我们正在一间房内找箱子，保安正从门外路过。我们伏在门后，随时做好杀人的准备，而这种事我们并不擅长。

连续搜找了五层楼上百个房间无果，我们陷入绝望，开始怀疑是姜在耍我们，单纯看我们两个人不顺眼，什么最新情报，纯属狗屁。我看看苏静川，苏静川看看我，脸上写满疲惫和无奈，真不知道怎么就找了这么一份工作，如果当初我好好念书，也不至于落入今天的境地。成绩如若尚可，我应该做一名白领，每天按时打卡上下班，搭地铁，吃外卖，穿梭在来来去去拥挤的人潮里。因为一两份报表而头疼，因为被领导批评而低落，因为受同事排挤而躲在厕所哭，因为升迁困难而焦虑。最轻松的时刻就是回到家解开领带，瘫在床上一动也不动，哪里都不去，什么都不做，什么都不想。那该多幸福啊。而现在呢，我们把性命放在钢丝上，供人踩踏，风吹得稍微大一点我们就会掉下去。

苏静川突然说，听。我回过神来，竖起耳朵听了一下，有声音，孩子的哭声。我说，怎么着？苏静川说，go。

我们循着声音找过去，那是顶层最里面的一个房间，唯一一个亮着灯的房间。我们躲在门外，苏静川给我放风，我推开一条门缝，看见里面有两张床。一张床上，文章和海青正抱着他们刚出生的孩子，孩子满脸通红地大哭。另一张床上，李小璐大着肚子躺在床上，潘粤明坐在她的身旁，一脸幸福地摸着李小璐的肚子。里面的灯打得很足，各个角度都有。苏静川问，怎么样？我说，在拍电视剧。苏静川说，电视剧？我又朝里看了看，但没有发现摄影机和剧组人员，有些纳闷。苏静川说，箱子呢？我说，等等。床下，一个黑色的皮箱子露出了半个角，我甚至能看到它金光熠熠的密码锁。我说，就在这里！苏静川说，太好了，你去拿。

我觉得没有危险，推开门，大大方方地走了进去，四个人见到我好像并未惊讶，看了看我，接着继续安抚自己的孩子，摸老婆的肚子。我边说恭喜恭喜边钻到床底下，手摸上了那个黑色的箱子。摸上去的瞬间，我就知道，眼前的这一切不是真的了。我回头看了看苏静川，苏静川的脑袋从门外探进来半个，我们对视了片刻。楼道里传来一大片脚步声，我心说，糟糕。

醒过来是八月二十七日早上八点，劳拉西泮虽然能让我安然入睡，但副作用是梦做得太多。起来脑袋有些昏沉，洗把脸，喝了两杯水才感觉好一点。昨天晚上做的梦，依稀还留在脑袋里，一半真一半假。接着洗了个热水澡，换好衣服，拿上昨天买的花和蛋糕，我出门了。

到墓园时，苏静川的妈妈已经到了有一阵了，我因为堵车耽搁了一些时间，连声抱歉。苏妈说没关系。苏妈也带了花和蛋糕，我们笑了笑，说，今天她有得吃了。我们找到苏静川的墓碑，这时距离苏静川光荣牺牲已经快一年了，今天是她的生日。因保密需要，苏静川的墓碑上不是苏静川的名字，也不是她的照片，也不是她的生卒年月，全部是另外一个不相干的人的信息。但我知道这里面确确实实是她，因为是我亲手把她的骨灰放进去的。

我们摆好花，擦干净墓碑，摆好蛋糕，点上蜡烛，为她唱了生日快乐歌，替她许愿，替她吹灭了蜡烛。我和苏妈常常不知道该说些什么，起初我会表达一些我的歉意，比如没有能够保护好她之类的。也常常自责，为什么在那次任务里，牺牲的是她而不是我，我完完全全做好了牺牲的准备，但牺牲的却不是我。苏妈常安慰我，这都是命运，没有办法的事情。我说，完全有另外一种可能，是吧。苏妈说，是。但那种可能只会让我们更加难受。从此之后我就不再说了，这种幸存者的愧疚虽然确有其事，但说出来便成了一种残忍。我们就不再说了，聊聊天气，聊聊工作。那次任务失败之后，我就退出了组织，再也没有继续工作了。目前靠着一点积蓄混吃等死，等没钱了再想办法。

任务失败之后，我遭到了组织的严刑拷问，他们怀疑我有意泄露情报，致使苏静川死亡。对此我百口莫辩，给我多少钱我也不可能出卖我的战友，何况看着她在我面前脑袋被一枪打爆。我的信仰纯粹，从未动摇过半分。经过六个月的监禁和审讯之后，他们就把我放了，好像一切都没发生过，而我之前的一切都不存在了，我有了新的名字，新的出生年月，完全新的身份。我像一个孤家寡人，过一种无人问津的生活。

他们什么都没有留给我，什么都没有，我的过去全都被扔进了马桶里冲走了。我甚至开始怀疑这些事情的真实性，有多少是真的，有多少是我编造的。

留给我的只有一个刻着陌生女人名字的墓碑。

我们对着这块陌生的墓碑，流着滚烫的眼泪，后来眼泪流干了，就只剩下大片大片的沉默。我们沉思，但不知道在沉思什么。郊区的天空有飞机滑过，苏妈看着墓碑，开口说道，我常常觉得，这些都不是真的。我说，我也感觉是。苏妈说，跟电视剧似的，假得要命。我说，我也是。苏妈说，有时候会恍惚，感觉醒了一下，我这是在哪里呢，好像一下子到了这里，被扔过来一样。我说，我也是。说了一大堆"我也是"之后，我察觉到，墓碑的后面，藏着一个让我害怕的东西，它露出了一个角，漆黑。那是一只黑色皮箱。苏妈继续说着什么，而这些台词我已听不见了。我的手情不自禁地向它伸过去，我知道自己正走向毁灭，但无能为力。我是被扔到这个世界上的，毋庸置疑，我没有办法选择这个事情。现在我已经完完全全知道事情的真相了。

无人可诉的痛苦，是深夜窗外飘过的，一声鸟鸣。

鹅躺坐在宽厚的靠椅上，双手放在自己的腹部，眼睛盯着天花板，说，医生，我最近总是做一些关于死亡的梦。

青蛙翘着两腿，腿上摆一个笔记本，写写画画，听到这话推了推眼镜，说，你感到痛苦吗？

鹅说，我常常焦虑。

青蛙问，那是什么样的梦？

鹅说，梦见我是一个人，被杀死了。

青蛙说，人？

鹅点点头。

青蛙说，你很清楚你不是人。

鹅继续点头。

青蛙说，一般来说，对死亡的恐惧常常隐藏在日常其他的恐惧当中，不常常显露，但一直存在。

鹅说，死亡恐惧？

青蛙说，是的。比如文学中出现死亡的梦境，要么是回溯已发生的死亡，要么是暗示即将到来的死亡。你最近有没有这方面的压力，比如亲友病逝，或者认识的人遭遇意外？

鹅把脖颈扬起来，翅膀放在自己的肚子上，想了想，说，好像没有……

青蛙说，那目击死亡呢？那也有可能使死亡恐惧显现。

鹅回忆了片刻，恍然说，啊……那天上班路上，看到了一只被碾成画的猫。

青蛙说，画？

鹅说，对，这是我第一个感受，因为它已经二维化了，平面了，我当时怀疑，那在我们三维世界里到底还能不能算一只猫了……

青蛙说，这就说得通了，这种场景容易引发轻微的存在主义危机。

鹅说，存在主义危机？我没有听得很懂。

青蛙说，但你要理解，日常生活却恰恰是生与死之间的存在，任谁也不能取走他的死。

鹅说，什么意思？

青蛙说，我见他人死，我心热如火，不是热他人，看看轮到我。

鹅说，这又是什么意思？

青蛙戴好眼镜，说，接受死亡的存在。来，闭上眼睛。

鹅缓缓将眼睛闭上。

青蛙说，放松自己的身体和大脑，回答我的问题，你是谁？

鹅说，我是鹅。

青蛙问，对此你感到如何？

鹅说，对此我感到平静。

青蛙问，为什么？

鹅说，因为我不是他物。

青蛙说，来，和我一起念：在蔚蓝的夏夜，我会漫步小径，麦芒轻轻刺痒，踏着细草嫩木……

鹅跟着念道：在蔚蓝的夏夜，我会漫步小径，麦芒轻轻刺痒，踏着细草嫩木……

青蛙继续念：我什么也不说，什么也不去想……我走得很远，像波希米亚人一样，漫游自然……

鹅跟着说：我什么也不说……等一下，医生。

青蛙问，怎么了？

鹅说，我突然想，波希米亚人，是什么样的人？

青蛙说，波希米亚人？

鹅和青蛙陷入了沉思。

鹅突然说，对了，医生，你是不是有一只黑色的皮箱？

青蛙医生问，你怎么知道的？

鹅说，带着金色密码锁？

青蛙说，对。

鹅说，我想知道，里面装的到底是什么？

青蛙站起来，跳到办公桌前，从桌子的下方拿出一只黑色的手提皮箱，转动密码锁，说，里面装的是……

苏静川唤醒我，说，都下午一点了，你还要继续睡吗？

我从沉重的梦里醒过来，看看眼前的世界，确认了身处的地方，是我们的卧室。

我说，我失眠了。

苏静川说，失眠？我看你睡得挺香的倒是，呼噜打得震天响。

我没说话，想起了什么，连忙从床上起来，在家里翻找起来。翻遍了全家每一个角落，没有看到黑色皮箱的踪影，我才稍稍放下心来，回到了卧室。

苏静川说，你干吗去了？

我说，没什么，找点东西。

苏静川说，神经兮兮的。

我说，做了一堆梦，脑子做坏了。

苏静川问，梦见什么了？

我思考片刻，说，总体来说，就是梦见你光荣牺牲了。

苏静川笑了，说，我光荣牺牲？

我说，对，特别伟大的那种。

苏静川说，那太好了，死得重于泰山。

我说，我想死得轻于鸿毛，风一吹我就飘走了。

苏静川说，看你胖的，还飘呢，想得美。

我说，今天就开始减肥，马上要瘦了，你等着吧。

苏静川说，说点正事，小姜、小宇、小高、小辉说他们下午要来探望我，但我有点累了，想吃药睡会儿，你陪他们打会儿麻将吧，记得，小点声。还有，让他们别抽烟。

我说，好的，那你醒了和我说，见见他们。渴吗？我给你倒杯水。

苏静川说，好的。

我刚要去倒水，苏静川喊住了我，说，明天咱们出去转转吧，好久没有出去了，都不知道世界变成什么样了。

我说，还是老样子，不过，好，明天我带你出去转转。

倒水时看着墙上的日历，苏静川卧床整整两个月了，我心想，如果时间停在今天，也不错。因为说实话，我不知道还剩下多少时间。想起刚才的梦，我生出一个猜测，我们从梦中醒来，梦并非就停止了，而是摆脱了我们继续前进。就像有时我们会突然打一个激灵，有点费解自己现在的处境，那表明，刚有一个做梦者从你身上离去了。但这种想法让一切只有两个境地：都是真的，或者都是假的。无论是哪个，都令人困惑。

我路过客厅的窗户时停下了脚步，看着外面巨大的世界，金台楼阁和茅草矮屋，无数个房间和蜿蜒如河流的街道，飘荡着一些不知来自何处的声响，没有终点可寻，犹如一个没有出口的巨型迷宫。我开始有些害怕和担忧，我担忧在这迷宫的某个角落，藏着一只黑色皮箱，在安静地等着我碰见它。我害怕当我找到它的时候，再一次醒过来，被扔到又一个陌生而熟悉的世界。选择和被选择，摆脱和被摆脱，所有这些，让我十分疲惫。

麻

将

说起来沉迷于打麻将也就是最近这几个月的事情。

　　某一天我突然厌恶了窝在家里一动不动的生活模式，想出去走动走动，见见个把大活人，参与一下社会活动。正愁没地方去，好巧不巧，手机一震，收到朋友李想的一句问候："打牌吗？我这里两位。"对于李想我是不太意外的，此人赌瘾极重，一得闲就攒麻将德扑甚至桌游局，幸亏碍于公务员身份不好翘班，不然只怕是天天往棋牌室里钻。顺理成章的，李想在情感方面高度智力崇拜，上一个男朋友就因牌技太差被她分手，用她的原话说："带出去没面子。"听说最近又寻了个新欢，狼人杀认识的，看来智商方面有两把刷子。

　　一声来自朋友的呼唤，让我突然来了兴致，一是在赌博方面稍微有点自信，虽然浸淫不多，但总体算下来，收支平衡，甚至小赚；二是想见见李想这位新男友，李想倒是见不见都无所谓，十几年老交情了，这个人这辈子变动都不会太大。二缺二，找谁好呢？我的眼神不由望向了瘫在沙发上的王苏，心里有了底，此人牌技虽然欠佳，但是牌瘾在四九城是排上号的，还经常以幸运女神自居，大言不惭"逢赌必赢"，最近身体状况也算不错，非常适合牌桌鏖战，我问她："老婆，打牌去吗？"她没有搭话，起身就利索对镜化妆，准备出门。两对鸳鸯捉对厮杀，就这么成了。

既然要赌，关系到钱，公平就是唯一前提，甚至包括油费在内，于是我们约在两方住址中点位置的一家茶楼。时间正点，无人迟到，四人坐定，李想新欢自我介绍了一番：张迪，4A广告公司坐班，工薪还算丰厚，喜欢养狗，偶尔洗头，叫他阿迪便可。插科打诨几句，就算认识了。麻将这个东西，各个地方规则不尽相同，可谓天壤之别，为求共识，我们便开始商议规则。

我与李想算半个江浙老乡，但百分之九十时间在北京生活，较真了我们俩合起来能算一个北京人；王苏与张迪是土生土长地地道道北京人，国安死忠，这么一算，在场三个北京人，顺势决定以北京麻将为主，番胡细节灵活多变。朋友之间打麻将，趣味性为上，特地加上十三幺、碰碰胡等其他地方麻将的胡牌牌型，皆大欢喜。最后定番，吃碰一手，破门清降番且只能自摸，七对两番，一条龙四番，清一色八番，十三幺混儿杠天地胡顶番。扑克牌做筹码，结算时手机转账，安全又高效，是互联网让我们体验新时代的便捷。

规则既定，便不能更改。开战前，我点一杯祁门红茶，阿迪喝橘皮普洱，王苏与李想饮玫瑰花茶。掷骰子，依大小分坐东南西北，如今茶楼标配全自动麻将机，少了手洗的麻烦，麻将牌碰牌，声音脆亮，十分好听，是线上麻将所不能比的。服务员进进出出，杯里的水减了又添，添了又减，全部进了肚子。那天手气不算好，大牌一把没胡，小胡也屈指可数，先输光筹码，再赢回来一些，总体来说不输不赢。李想与我情况一致，上工一天，白干一天，不进不出，全做了无用功。倒是王苏胡了一把豪华七小对，总体下来赢了不少，那么可想而知，阿迪独输。正式结束，房间费平摊，各自回家，路上王苏兴奋不减，高谈自己的决策如何如何英明，手气如何如何之旺，不负"雀圣"大名，我心态平稳，不输作赢，奉承几句，讨个清闲。王苏又聊到阿迪，说总体来看，也算不上智商高超，赌技卓越，甚至可以再次划分到老实人的行列，我替阿迪辩解几句，手气不好是常事，输钱不代表不会打牌，没准儿是第一次见面，让你高兴高兴落个好印象，进而放松警惕，下次连本带利，一起赢回去，是有大智慧。

可我估计错误。

之后的每周六雷打不动，我们四人相聚茶楼，血战到底，几周下来，各有输赢，唯独张迪，只输不赢，输到我认为他假戏真做，只求输不求赢，为的是散尽家财，广结善缘。难得胡一把，一推牌，还是个小屁胡，看得李想火急火燎，看了眼牌嘴里念叨："你把七万退了留八万，这不是一上一听一条龙吗……"几次三番下来，张迪不悦，嘴里硬了一句："我自己的牌自己打，不用你教。"此言一出，两人气氛立马僵住，陌生得像已经各自重新投胎，互不相识。我与王苏只好转移话题，聊一聊峥嵘岁月，缓解僵局。可家里金山银山矿山也架不住张迪这么输啊，越输越急，越急越乱，到牌局后期，张迪一边玩手机一边打，乱打，连打一二三筒，豪七在手非要杠出去，闷头点炮，我与王苏见财忘义，一胡再胡，大牌不断，张迪脸色铁青，几近自闭，走出棋牌室时阴风阵阵，十分不和蔼。生死有命，富贵在天，回家路上我与王苏猛算自己赢了多少钱，笑了一阵，笑完脑子里一起浮现出张迪生无可恋的脸，又笑了一阵。

打麻将势必少不了零食，除了茶楼标配的瓜子蚕豆，我们两家还会各自备粮，共同分享，张迪会带老家产的酸奶，自夸"世界上最好喝的酸奶"，产自河北；王苏喜欢提一袋橘子，打完牌只剩一袋橘皮；李想带的种类最多，带过山楂糕、苹果梨、锅巴、薯片等；我啥也不带，光吃他们的。就算不吃，嘴巴也闲不下来，八卦和笑话满天飞。"曾经的同学谁谁谁当时不是和那谁谈恋爱么，后来掰了，到现在怎么也十几年了么，最近，俩人又谈上了！据说都准备结婚了。""喂，你知道么，就那个谁，到处跟人说自己是富二代，结果你猜怎么着，全身名牌都是假的，去夜店还蹭卡座，据说还捡过尸。"这样的人间极品好事，岂能错过，听得我有滋有味，活色生香。

一旦开打，不再八卦，只剩打牌念牌，但总也能找到新花样，王苏打一张东风，就念："柯震东！"张迪打一张西风，就念："西门子！"我打一张北方，就念："北野武！"其他人表示不熟，不熟那我也没办法，自己搜去吧。曾经看过日本人打麻将，一句话不带说的，起手落手一点声音没有，听说能在庙里打，我们有王苏和李想，可不敢如此痴心妄想，每次打牌根不得把门封死，贴满隔音垫，这两人打牌造出的声势，相当于一个师的兵力参与演习，响彻整个棋牌室，要是再被截胡或者胡个大的，能把牌室震塌。

反观我与张迪，属于冷静的理性男人，尤其是我，如狼一般，死死盯住敌人，表面上风平浪静，实际上有可能十三幺已经上听，除非国麻九段，否则极难从我面相上分析出任何信息，卧龙凤雏，也不过如此。可精明如我，却还是赢少输多，经常在王苏和李想身上栽跟头，我不得不开始认为，麻将这个东西，是有运势的。

曾经，王苏踏入棋牌室之前，先是目睹流浪汉随地小便，紧接着踩到一泡狗屎，当晚一卷三，完美诠释狗屎运；一次，我坐北方位置，头顶空调猛吹，西侧方向还有窗户打开，形成穿堂风，西北风一直吹，吹得我只剩平角裤衩，一整天掷骰子没超过五点，被钉牢在北风位，越吹越惨，越惨越吹；再观，李想常常边打边唱，唱到哪首胡了便单曲循环，一旺再旺，直接庄上连胡，眼看马上要上楼，王苏见势不妙，切歌，换一首《下一站天后》，成功逼宫，改朝换代自己做皇帝；又看，张迪终于辞了工作，换单位，避免天天公务缠身，打牌时不用死拿着手机处理工作了，卸去负担，整个人轻松不少，时来运转，一把一把牌，把脱掉的衣服一件件穿了回去，几乎扭亏为盈。

按现金池类型分，牌手也分为几类，我属于触底反弹型选手，每次只有当手里的筹码输光，背负巨大压力时才会开始赢钱，次次负重前行，苦不堪言，说明我适合创业，融资负债，有压力才有动力。王苏开局三板斧，一鼓作气再而衰三而竭，越打精气神越散，到后半场，精神涣散，眼神游离，只会喊：

"我好饿，咱们去吃东西吧。"说明此人气性短，不适合长时间攻防。张迪经过时光的洗礼，已经转变成快乐麻将选手，不图别的，只图自己高兴，胡，我高兴，不胡，我高兴，点了炮，嘿，我还高兴。纯粹死乐天派，无论生活多难他都能挺过去。只有李想最为凶残，表面乐天派，暗地憋大牌，并且极为阴险毒辣，专胡生张，胡完还特别不好意思，到处道歉，一看就是混科室的，明争暗斗，厚黑学没少钻研，手里估计攥着不少人的黑料。

眼看张迪逐渐崛起，我便成了吊车尾的那个，这实在难以接受，衰神上门，手气也越来越臭，东南西北中发白跟了我的姓似的，见天儿找我认爹，这样的野种，我能认吗？我不得不转变思路，琢磨起牌桌里的道理，仔细思考，打牌确实有一种节奏规律在，谁掌握节奏，谁就带领运势，唱歌也好，喊人名也罢，都是为了压制住别人的气场，做牌桌上的甲方，占据主动。转换思维，视野就开阔不少，我逐渐开始信奉一个道理："你善待麻将，麻将也会善待你。"麻将牌本身，被人类的脏手摸了又摸，多少也会沾染上一点灵气，成妖成精。麻将牌高兴了，就顺着你走，要什么抓什么，抓什么来什么，再绝的坎张都能摸上来；麻将要是不高兴了，那就是打什么抓什么，抓什么打什么，稀里糊涂，人称"点儿背"。曾经最绝望的一次，我连打四张东风，当即差点昏倒在牌桌上，东风，命里克我。到了后期，已经鬼迷心窍，神神叨叨，一起手看牌，这手牌已经有了它自己的命运，或屁胡，或七对，或清一色，或十三幺，我们打牌的，只能算是老天爷的傀儡，顺着命走就能胡，逆着命走就输钱，打错一手，就离最后的终点远了十步，打错两手，直接再见。说来也荒谬，原本我们四个也算是科学严谨的新时代青年，打牌打到迷信，可见金钱迷惑人心的力量有多大。

于是我痛定思痛，痛改前非，决定每次打牌前，先沐浴更衣，洗净尘土；打牌时一展歌喉，专挑难唱难跟的古早流行金曲，偏爱陈慧娴的《傻女》，还是粤语词，唱得王苏和李想面面相觑，无可奈何，一不留神就点我的炮；时而思考，时而催促，抓牌打牌全由我说了算。好几管齐下，生活模型一变，麻将模型就逐渐有了起色，甚至胡出了生平第一把楼上十三幺，喜不胜收。那时，我天真地以为我抓住了麻将的一些真理。

张迪李想领了证，准备攒钱买房，这有点出乎我和王苏的意料，但仿佛又在情理之中。得知此消息的王苏问我："咱们什么时候领证？"我说："你说呢？"她说："都一样。"我也说："都一样。"面对这样的现实情况，我们观念上也逐渐有了些改变，主要变化就是打牌从各自为战变成了以家庭为单位计算现金流，我从小市民成长为有大局观的政治青年，王苏好几次点我，我心里嘀咕："自家人何苦为难自家人呢？输输赢赢，还不是一池子水。"就让过去了，最后都让别人摘了果子。王苏几把不胡牌，整个人会变得沮丧，生无可恋，看着不忍心，只好我来点。一来二去，只出不进，难受。好几次我劝自己狠下心来，却偏偏狠不下来，没有办法，有了挂碍，那只好认栽，谁让她是我老婆呢。反观李想，倒是狠上加狠，结了婚的女人都是这样的吗？不光胡我和王苏的，哪怕是张迪点的，她都毫不犹豫把牌一推，伸手要钱，甚至还没结束，就要让张迪给她转账，才能再贷给张迪筹码继续玩，美其名曰："方便计算。"我时常自叹弗如，这也就是我为什么说自己只是政治青年，李想这样的才配得上叫政治家，不愧是混体制的，不一般。

从此打牌成了"为家庭创收"，味道就变了一些，打起来也不太痛快，倒不是没寻过其他的牌友，只是再熟的朋友一打牌就成了陌生人，规则打法又需要全部重新定，一来二去，讲了又讲，也难免有争执，真的太麻烦。其次牌品见人品，打牌其实是很深层次的交流，可以上升到灵魂层面，出去和外边人打，难免不遇上几个让人恶心的。有次，王苏经李想介绍，独自出门打牌，回来满脸怨气，向我大吐苦水，说是遇到一对连体婴，两人坐一张凳，打一家牌，且各种甜言蜜语："宝宝打这张。""宝宝你手太旺了！""宝宝我贼爱你。"话怎么恶心怎么说，输钱不说，还见识了一场大型土味秀恩爱，实在没有必要。那天直接气得王苏发一场高烧，三十九度。

我也见识过厉害的，我们打牌，他凑热闹，眼馋非要看，还搬个座椅坐我旁边看，只是看也就罢了，可无论我怎么打，他都叹气，叹得我怀疑自己，怀疑人生，整个人心乱如麻，只想把五条塞进他的喉咙。就算厉害如厚黑学达人，李想也曾因为打牌与人交恶，对方自称军区大院长大，现在在中国银行科室坐班，王朔和马未都钦点的下一任南城顽主，只是因为开玩笑让他抹个零头，几句不合，就扬言要与李想线下约架，宣称男女平等，一律单挑，自诩一位只讲公平的绿林好汉。李想的办公室智慧告诉她，这种人，不能理，一碰绝对被讹钱。

转来转去，最后坐下的还是我们四个，像是茫茫人海中互相找到彼此的四条桌子腿，撑起一张麻将桌。打牌，舒服是第一位的，赢钱也是第一位的，这两个并列第一。

一切逐渐稳定下来，每周六不见不散，雷打不动，外面就算是刮台风，屋里头这麻将桌也必须支棱起来。李想、张迪偶尔回老家探亲，回来下火车第一件事情就是来找我们打牌，直至深夜；王苏那次发烧之后身体抱恙，我担心是旧疾发作，要去医院做全身检查，就算如此，上午去医院检查，下午也要在牌桌前坐下来，坐下来心就定了，担心和忧虑飘到很远很远的地方，就算打着打着实在不舒服了，吃个药，继续。只是王苏体力不济，心力不足，身体的不适并没有让她运气好上几分，输多赢少。如今我回想，牌瘾未免也太大了一些。

打牌嘛，有输有赢，但我却总不甘心，想做常胜将军。说到底我还是没有放下，还是想求赢，有做雀圣的野心。书上说，打麻将入门第一步，只求不输，看样子我没看进去。我这人，看似云淡风轻，实则好胜心极强，极其别扭。趁着经济不景气，工作量不饱和，我开始在家苦心钻研麻将战术，读《麻将百胜实战技巧》，上网看麻将公开课，在各大网络棋牌室实战演练。当然，这一切都背着王苏偷偷进行，绝不能暴露出我的狼子野心。

课程逐渐加深，事关利益，我比高考时还要认真，不得不说，那真是收获颇丰。我感觉自己由内而外发生了变化，要说之前打牌只看运气，如今的我唯物唯心两手抓，两手都够硬。对于各种牌型胡法烂熟于心是基本，每张牌的优劣、成搭的概率我全部死记硬背，夜里睡觉，王苏已经睡了，而我在脑中不断复盘，回忆分析李想和张迪的码牌习惯，这样下一次，根据他们怎么码牌，我就能知道他们胡的是什么牌。睡梦中，甚至试图捕捉桌面上的"牌流"，看透整局牌的走向，"气"在何处，如何"聚气"，抓住命运的东风，迎接改革开放的春天。一整套课程下来，我如获新生，赌神是我，我就是高进，两手在身后一背，看着路上的凡夫俗子，不免哂然一笑，呵，你们哪有我会打牌。

终于又到了周六。

我沐浴更衣，换上风衣，胸有成竹奔赴牌局，心中只有一个信念：不赢钱，誓不还。直到坐下来，码好牌，我才发现和我想象中不是一回事。一，我学的是国标麻将，而我们打的是北京麻将，起手就少两张牌，概率全部要重新算过，甚至还多了很多的牌型，对子的概率格局又算是天翻地转，脑中信息混杂在一起，整个人心神不宁，内存又不足，大脑几近短路，没想到，我的知识竟成了我的负担；二，最主要的一点，手气极差，差到我以为步入了自己人生的低谷。

明明打法全都没错，可是抵不过老天安排，打什么都是错，拆红中对下一手就抓来一个绝张红中，拆一三万打一万马上就抓来一张二万，清一色一上听偏偏连抓六手风头，东南西北风在我家刮成了龙卷风，只能苦笑，甚至开局两巡豪七对就已听牌，十巡过后，被上家李想一个屁胡截掉。难受，难受，难受。到最后的几把，已无心恋战，只想这一天的噩梦早一点结束，回家睡觉，梦游抓打，又点了张迪一把一条龙，悲剧收尾。

那天，我与王苏输得极惨，之前赢的，也全都输了出去，结账付钱，回家路上脑子里一片空白，觉得自己可悲可叹，最主要还是可笑，自作聪明最后作茧自缚，试图抓住一些抓不住的东西，求赢不得，求不输也不得，求小输还不得。命运无常，智商也不够，真正能控制的东西实在是没有，感觉自己是一叶浮萍，漂啊漂，流向哪里自己做不了主。回到家里，昏昏沉沉睡去，半夜王苏腹痛，把我喊醒，我给她煮药，站在厨房我劝自己，人生又不止一场牌局而已，在这里输了，就在别的地方赢回来，运气总归是守恒的，人生是公平的，看开一点。吃过药，王苏稍微舒服一点，睡过去，我也慢慢睡到了天亮。之后的几天听到"麻将"两个字就反胃想吐，脑子里全是麻将机洗牌的声音。

那天，天气晴朗，冬季来临前的最后一个秋日，天空中云以肉眼可见的速度缓慢移动，像一条倒置的河流。接到医院通知，检查结果出来了，我与王苏开车去拿报告。报告厚厚一叠，像一本烂书，第一页显示，王苏三年前手术切掉的恶性肿瘤复发，全身扩散，伴随骨转移。我上网查，属于晚期。恍惚间开出医院，门口堵得很死，好像所有人都有事情值得着急。车里，王苏突然哭了起来，几近崩溃："我以为我都已经好了。不会再生病了。怎么会这样。"我心情凝重，眼泪不断流下。怎么回到家里的我已经忘记，只记得在阳台上坐了好久。那天之后，生活中各种宏大和细小的事情占据了我们生活，冲散了大部分时间。

王苏不到一个月就瘦了十斤，她力气本来就弱，如今更弱。我们搬了新家，离医院近点，屋里屋外全靠我一人收拾，时不时地还要往医院跑，经常一天也没心思吃一顿饭，入夜了也睡不着觉，瞪着眼睛就是一宿。一个星期下来，我也跟着瘦了十斤。其实忙也好，忙起来很多事情就忘了，最怕无事可忙，比如搬完家坐在沙发上，没事了，心里头却开始慌起来，坏念头坏想法争先恐后地冒出来，越想越烦，十分急躁。看看王苏，虚弱地窝在床上，出门活动成了一种昂贵的奢望。没有心情看电视，生命尽头，顿觉什么都毫无意义。脑子里全是医生的话："治愈是不可能的，只能提高生活质量。"问遍了医院，没有什么治疗办法，我们最后选择了放弃，她想在家度过最后的时间。可偏偏那几天阳光极好，它们从南面的窗户射进来，隽永而稀有，如同雕刻好的金矿一角，又像是星云的剪影，而我面对这些，却只能哀叹："哪有什么生活质量可言？"这时，门铃响，是一个巨型快递，搬进来，我问王苏："是什么？"王苏挤出一个微笑，说："麻将机。"我心领神会，也笑了，拆开包装，组装起来。

装的时候王苏就躺在那里看着我，我头一次认识到，原来麻将机是那么沉重，人是那么渺小。王苏关心地问我："累不累？"我摇头："不累。"她笑了："你总说不累，但其实累得够呛。"我说："要强么不是。"许久的沉默，王苏盯着外面被风吹起来的树叶看了好久，冬天到了。她突然说："跟你在一起的这几年，我特别开心，一点也不后悔。"我说："不后悔就好。"我拧好最后一个螺丝，麻将机组装完毕。

又是久违的一个周六，李想和张迪来到家里，先是聊了会儿天，开开玩笑，轻松愉快，接着四人又在麻将桌上坐好，不用多说话，分筹码抓牌，一切行云流水，十分默契，感觉一下子回到了从前。欢欢笑笑，吃吃喝喝，气氛融洽，其他的什么都没有说。王苏运气极好，坐在轮椅上手气极佳，想要什么就抓什么，胡了一把又一把，最后抽屉里筹码都塞不下了，只好堆到桌上。明明输了钱，但我却好久没像那天那么开心，多赢点，多赢点，都给你。王苏难得神采奕奕，笑容满面，一瞬间我有点恍惚，差点以为她没有生病。

考虑到王苏体力的因素，我们比平时早一些结束了牌局，洗漱时，王苏意犹未尽，谈起那把素豪七，真的是绝了，绝张四万都能让自己抓上来，不断摇头，绝了。"从来没赢过这么多，没想到啊，今天又是我一卷三。逢赌必赢，我没说错吧。"刷着牙，她声音突然没了，眼泪无声地流下来："我差点以为自己没有生病。"我说不出话，只好沉默。"没生病该多好。'快乐总是短暂的。'这句话说得真好，谁说的，怪不得是名句呢。"她看看我，"我好舍不得。舍不得你，舍不得这个世界。"我真的一句话都说不出来，只好憋出一句："今天累了，早点睡吧。"

"快乐总是短暂的……"刷完牙，王苏收好杯子，看着镜子里的自己，"所以我要用力记住它。"

关上灯，这个世界一点声音也没有了，我们沉沉睡去，仿佛不会再醒来。

糟
糕

八月六号，我的编辑马克文突然约我共进晚餐，我无事可做，便答应赴约。席间，马克文吐露此次会餐的主要原因，是他在昨天正式决定离开北京，回到他的祖国美利坚。何时归来，未有定数，今日小聚，当作告别。虽说马克文黄皮肤黑眼睛，并操一口流利的南城京片子，但确实是地地道道、正儿八经、土生土长的美利坚合众国公民。我常把他当作试图乱我中华的美帝敌特，对他有所保留，谈话时编造各种谎言留给自己回旋的余地。而他的国籍和人类学表征，也常常让我思考中国人和美国人真正的差别到底在哪里，国家是否只是存在于我们脑海中的抽象概念。

　　我因服药无法饮酒，他只能独酌。出于礼貌，我点了无酒精的莫吉托与他碰杯，走个形式，外交友谊这一块还是要把握一下。马克文两瓶纯生下肚之后，面色红润，明显上头，开始对中国当代文学展开无死角品头论足。而我十分清醒，对自己的看法有所保留，但本性恶劣，天生喜欢看热闹，所以对他的即兴发挥未做阻拦。他认为，二十一世纪头二十年的汉语文学，正在把自己逼入一个死角。以当时流行的某地域文学为例，若以历史的眼光看，谷昭然、象载、文久三人的共同特征完全抹杀了个体上微小的差异性（如果他们还存在差异性的话）。当然还有名气相对于"三驾马车"较小一些的短文体写作者杜坦，他那些无法归类的文字，其实谈不上有多稀有，但被包浆上一种时代的氛围之后，显得像一种近代高仿古董。这几个被笤帚扫到一起的人，除去因材料选用上的相似性，同时弥漫着一种暧昧的悲伤和谨慎的优越感，马克文总结为，"昔日荣光"。我说，祖上富过，这是事实。马克文不否认这个事实，但他以另外几个省份为例，开始比较"有过现在没了"和"从来就没过"，哪一种更有文学性。接着开始讨论，什么是材料，什么是创作。我逐渐有点听不下去，一是我实在不关心这些大而空的问题，二是我根本不懂什么叫作文学性，三是菜有点辣，吃得我没有兴致。说实话，我不相信这些宏大的文学理论，仿佛真有那么一种虚构出来的东西，叫作文学，并且是真实的。这很荒谬。和一些搞写作的聊聊这些往往都只是寒暄，因为我为人过于虚伪，我总觉得这些抽象的概念离现实生活太过遥远，我们实在太爱总结，而我们的角度又让我们局限。我尝试转移话题，问马克文怎么突然就要走了？令我没想到的是，马克文略作迟钝，一下把话题又拽了回来，说，因为大卫·福斯特·华莱士。我有点颓然，说，他不是死了吗？马克文说，对，我最近在读他，他的死让我很难过。我说，我不明白你有什么好难过的。他说，你知道吗，他死的那天是和他老婆说，去车库拿点东西，然后就自杀了。我说，我的意思是，你在难过什么呢？他说，我读他的东西有一种亲近感，你知道吗，我的天赋就是能和作者心连心，我和他很亲近。还有他身上巨大的才华（马克文指了指自己说，那是我没有的东西），但一想到他已经死了，就很惋惜。我说，那他就应该痛苦地活着，用这些才华为你提供亲近感？马克文说，诛心了啊你，我不知道该怎么总结。我又问，那金庸去世的时候你难受了吗？马克文说，没有。我问，为什么。马克文说，他在文学上早就已经死了。

我在他的话语里嗅到一丝难受，有些人就是喜欢用遥远的东西掩盖眼前痛苦的现实，我其中一个爱好就是挖掘这种痛苦，也就是俗称的"八婆"。我像鲁豫和朱军那样，一记回旋球，再次把话题拉回到文学上来，说，你刚说汉语文学的死角，那是怎样一种死角呢？马克文思考了一阵，说，是一种逃避，一种明知故犯的虚伪，你懂吗？我说，不太懂。马克文说，在未来，那可能是不值一提的时代。我说，但那是他们身处的时代。马克文说，那现在呢？我们不处于现在吗？没有人谈现在，我们都沉湎于逝去的虚情假意，把怀念打扮成奇观供人观赏。像KTV包厢里不醉不归的中年人，躲避明天的到来。我把身体前倾，装出一副倾听的姿势，说，那大卫·福斯特·华莱士又为什么让你如此动容呢？马克文一向酒量不太好，几瓶下去什么鬼话都敢讲。马克文说，因为他直面，直面这个消费至上娱乐至死的荒谬时代，思考消费和娱乐会把人类带到何处，选择直面绝对的死。我说，所以你觉得他牛？马克文说，当然牛了。我问，你觉得他在写什么？马克文说，一种复杂的糟糕，当然了，也是无尽的玩笑。我问，那你觉得他比你牛吗？马克文仿佛觉得我问的这个问题特别荒唐，说，当然他妈比我牛。《艺术人生》到了高潮时刻，是时候切入要害了。我说，怎么比你牛了？你没有直面你的生活吗？你是在逃避什么吗？马克文不说话了，光喝酒不说话，眼神有些躲闪。我心想，可算是上钩了。过了半天，马克文才问我，这两个月你在干吗？写什么新东西了吗？我回过味来，这个香蕉人走面不走心，一抬胳膊腋下全是白种人特有的假客气，除非你先掏心掏肺。马克文这种太过精明的鸡贼人士，不见好处才不会掏出压箱底的东西，看来我只好先走个心，钓一钓鱼。我想了想，开始了我的讲述。

　　我没写新东西。因为我住了一阵子院，精神病院。大概两个月前，我喝多了，吞了一些安眠药。你知道我睡觉一直是个大问题。但无论我怎么解释，医生都不相信我当时只是想睡个好觉，而是认为我的病情已经迈入了一个全新的阶段，也就是开始进行自我终结生命的尝试。紧接着负责任的医生就联系到我的家属，告诉他们我必须住院治疗一段时间。我虽然不是十分情愿，但也无可奈何，只好收拾东西准备住进医院。我这个人向来有点逆来顺受。直到办理住院手续的时候，护士告诉我，因为现在得精神病的太多，床位紧张，公共医疗资源实在有限，为了国家，为了经济发展，我只能和苏静川住一块儿。我问苏静川是谁？护士只说是一个女的，还问我不介意吧。我说我肯定不介意，只要她不介意就行。护士说，她不会介意的。后来我才知道，苏静川已经在医院住了四年，并且有机会一直住下去，相当于在精神病院念了个本科。医院全体同仁已放弃把她治好的念头，任由她住着，同时将她当作一个科研项目来研究。我脑子里突然冒出达文西和阿漆的台词："我在精神病院找了份工作。""哇，太好了，研究什么？""被人研究。"马克文嘿嘿干笑了两声，我怀疑他根本没看过这部电影。我继续讲。我当时明白了，原来这个苏静川是著名精神病，没人愿意和她住一块儿，所以才有空房。医生看我面相和善，便询问了一下，没想到我居然答应了。我问这个苏静川是得了什么病，如此严重？护士说，该得的都得全了，该吃的药也都吃了，脑子基本崩了。崩了，你懂吗？说着，护士比了比脑袋的位置，然后把手摊开。我其实是有机会等有床位再入院的，但这辈子还没见过著名精神病，我竟然有点隐隐兴奋，有种去动物园看企鹅的感觉。入院手续很快就办妥了，我换上病号服，走进住院楼。一些病友看见我，眼神里只有漠然，我不知道那是因为病情导致还是药物作用。我感觉和他们很亲近，像一家人。

走进病房时我大失所望，苏静川并未像传闻中的那种疯癫成性，相反，她显得有点过于正常。按照我的想象，她应该正站在床上把日光灯拆了将其改造成杀人武器。可现实的画面却是她安安静静地躺在床上，戴一副眼镜，在读书。她看见我走进来，把书合上，摘下眼镜，盯着我看了一会儿。她的瞳仁又大又黑，头发又黑又亮，不知道医院用的什么洗发水。最后，她对我说，你终于来啦。我看了眼书，是李萨尔迪的《脏鸟》。我不知道她从哪里搞到的这本书。我开始归置东西，苏静川和护士热络地聊了一会儿天，说让护士放心，她一定会照顾好我这个新人。护士长临走前对我说，如果发生任何危险，记得按床头的呼救按钮，医院二十四小时有人值班。我点头说好。那时天真的我还不以为意。护士长走后，苏静川撩开盖着的被子，给我看了一眼她脚上捆着的皮带，挂着一把锁。至今我没搞明白那是一种示好还是一种威胁。接着她又翻开书，继续阅读。整个白天我们未作交谈，我吃了药就躺在床上玩手机，她则一直在看她那本破书。玩手机的间隙我偷偷观察她，发现她是在倒翻书，从后往前，一页一页，专心致志。这书我没看过，不知道有没有倒序阅读的必要。我这时回过神来，想起她刚说的话，我问，"终于"是什么意思？苏静川看也不看我，说，终于，就是 finally 的意思。我说，我过四级了。苏静川说，就是"你可算来了"的意思。我问，你知道我要来？她说，谁来都是来，早晚有人来。我开始察觉到一丝神道的气氛。我说，那今天如果走进来另一个人，你也会对他说"你终于来了"？她想了想，说，也不是，不一定。我说，我就是问这个也不是的"终于"是什么意思。她放下书，看着我，说，你真的全都忘了？我一头雾水，问，忘了啥？她说，也对，一个人怎么会知道自己忘了什么呢。我问，我们认识吗？苏静川不再理我了，继续乱翻书，从头到尾，从尾到头，时快时慢，或疾如风，或不动如山。那天我过得有点忐忑，时不时斜眼偷看她。主要我的记性真的不太好，由此得罪了不少人。苏静川反而沉静如水，心里头仿佛没有一丝杂念，全身心专注在眼前的书上。我则是翻来覆去，一会儿坐一会儿躺，一会儿踱步走来走去，一会儿发呆一会儿睡觉，和她比起来我更像一个精神病。

住院的生活没有什么好说的，其实比我想象中的要自由多了，除了按时吃药，基本上对我这种没有暴力倾向的病人没什么人身限制。除了比较无聊。其实我根本不爱读书，甚至像一种折磨，除非工作需要，我并不轻易阅读。而苏静川就不一样了，她一天大部分的时间就是被捆在床上看书。除了玩手机，我就只剩下遛弯儿。这个病房看看，那个病房瞧瞧，我的家人往往一脸平静，对我熟视无睹，该发呆的继续发呆。我和苏静川交换过对我遛弯儿这件事情的看法，因为我怕我走来走去看起来有些炫耀的成分，引起她对我的不满。她对这事倒是看得格外开，她说她不否认自己和别人存在差别，如果这种差别会给别人带来困扰甚至是危害，那她应该被限制起来，这很合理，这个社会就是这样维持运转的。我赞叹她的高风亮节，她也对我的坦诚予以称赞。

除了被捆和吃药，苏静川每天下午都要被推进特殊治疗室治疗一下。我问是什么特殊治疗，她轻描淡写地说，就是被电一下。我问，是杨永信那种电吗？她问，杨永信是谁？我换了种问法，说，电的时候疼吗？她说，不疼，还挺舒服的，像是把硬盘里的资料全都整理了一下。我问，那是按什么排序？她说，每次都不太一样，有时候按时间顺序排，有时候按文件类型排。到最后我也没分清楚到底是不是杨永信那种，甚至说得我想入非非，也想被推去电一下。苏静川表示那是 VIP 治疗，一般人无福消受。

我以为我的住院生活就会这样平静过下去，直到出院，回归正常生活。整个过程我要多配合就有多配合，医生让吃什么药我就吃什么药。每天早睡早起，规律饮食，喝水八杯，排便一次，改掉了熬夜的坏毛病，我感觉我的寿命延长了至少五年。过了大概一个星期，一天夜里，吃完安眠药，脑袋昏沉，正要睡去，迷迷糊糊中却发现苏静川在她的床上盘腿坐着。这情景一下子就把我惊醒了，我仔细看了看，发现她脚上捆着的皮带不见了。苏静川闭着眼睛，缓慢地呼吸吐纳，我开始怀疑这是吃完安眠药之后产生的幻觉。似乎感觉到我正在看着她，她睁开眼睛看向我。我对自己说，一切都是幻术。苏静川突然问我，你是想搞死自己还是搞死别人？我有点懵，但看她一脸平和，便问，非得搞死一个吗？苏静川说，来这儿的不是想搞死自己就是想搞死别人。我说，我都不想。苏静川说，虚伪。我最怕别人说我虚伪。我问，那你呢？苏静川说，都行。我后背开始冒冷汗，说，那你还挺随和。苏静川说，你看啊，现在情况是这样，我是搞死谁都行，如果你是想搞死你自己，而且不想承担这份搞死自己的过错，我可以帮你把你搞死，这样事情就解决了，你说对不对。我看了看她手上，没有武器，再看看她的身形，似乎也比较难说搞死就搞死我，我故作轻松地说，你还挺乐于助人，杀人可是大罪过啊。苏静川说，我不入地狱谁入地狱，我是菩萨。我隐隐感到不安，灵机一动，说，我不想搞死自己。苏静川说，那你想搞死别人？我说，对。苏静川说，有特定的人选吗，还是说搞死谁都行。我说，有特定的人选。苏静川说，告诉我是谁。我说，唐纳德·特朗普。苏静川点点头，说，行，我知道了。危机似乎解除了，苏静川却下床，走到我的床头，检查起我的药来，一边检查，一边直摇头。我问，这些药怎么了？苏静川说，这些药会让你忘了很多东西。我说，感觉听起来是一件好事。苏静川说，对于弱者来说遗忘当然是一件好事。我问，比如会让我忘了什么？苏静川说，比如，你被关起来之前就已经被关起来了。我说，没懂。苏静川说，大圈套小圈，小圈套小小圈，俄罗斯套娃，你明白了吧。我说，大概懂了，是不是福柯那些理论，我不太懂。苏静川说，福柯是谁？我问，那你也在圈里吗？苏静川说，我不在圈里，所以他们关不住我。我看了看我们身处的病房，惨白惨白的一片，我觉得她在逗我，说，那你在哪儿呢？苏静川说，跳出三界外，不在五行中，你懂吧？我问，那你咋不跑呢？苏静川说，我本来就不在这儿，谈何跑呢？我心说这就有点装了，明明人就在我跟前坐着呢，但忌于刚才她要搞死我的理论，我强撑着困意，继续和她聊天。我带着善意假设，她可能只是孤单太久了，需要一个人陪她说说话。我问，你不在这儿吗？苏静川说，我想去哪儿就去哪儿，所以我哪儿都在，我有神通。我说，啥神通？苏静川说，飞天入地，穿梭时空。我说，这么牛？咋练的？苏静川说，若见诸相非相，即见如来。我说，你要开始聊佛经了吗？苏静川说，佛经、《圣经》《古兰经》，都是一个东西。我说，是啥东西？苏静川说，耶稣为啥能把水变成酒，为啥死了能复活，你仔细想想。我仔细想了想，也不知道是为什么，问，你说为啥？苏静川说，为什么密勒日巴可以带惹琼巴进入牛角？这都是一个道理。我根本都不知道这俩人是何方神圣，苏静川彻底把我侃晕了。我问，谁？药劲逐渐上头，我有点扛不住了，眼皮开始打架。苏静川在我的身边躺下，用手抚摸着我的头发，温柔极了，笑着问我，索尔德罗，哪个索尔德罗？我觉得很舒服，问，什么索尔德罗？她说，你不知道他呀，那我给你讲讲我吧，你闭上眼睛听。

　　四年前，我本来已经要结婚了。我家是在哈达岭附近的一个小村庄，到年纪家里就会给安排对象，我也不例外。我不太愿意，但我什么也没提。结婚前三天，我心里头堵得慌，上了哈达岭，当时不明白，现在我明白过来了，我是想去寻死。满片的樟子松，漂亮极了，走着走着我就忘了神。到了河谷，发现一架坠毁的侦察机，我惊了。我从驾驶舱里找到了飞行员。是金发碧眼的老外。我摸了摸，还有心跳，我决定要救他，好歹也是条人命。我不知道哪儿来那么大的力气，把他从机舱里搬出来，又拖着他走了两里地，幸好山里常有猎人打猎留下的荒弃的锥子屋。让我碰见了。我不知道为什么，可能是下意识里觉得他身份比较敏感，回到村里没对任何人说这件事儿。我取了吃喝和医疗品，就回了锥子屋。还好他伤势不重，除了一些骨头上的硬伤，其他没有大碍。给喂了些水，晚些时候，就醒了。结果他醒了第一件事情就是对我拔枪，嘴里念叨些外文，我听不懂，像是质问我的身份。我对他说，你就开枪吧，打死你的救命恩人。他机警地盯着我，举着枪。随后看了看自己身上，好像明白过来是咋回事了，缓缓把枪放下了。我质问他是不是敌特，来侦查的。我心里头做好打算，他一旦承认，我就将他扭送公安机关。但语言不通，鸡同鸭讲，他叽里呱啦连手带比画一通，我俩谁也整不明白谁。最后，我看他命也保住了，就由他自生自灭吧。我就回去了。没承想，这一晚上都没睡好，第二天脑子里还在寻思，这荒山野岭的，他迷路了，给饿死了咋整？晚上还挺冷的，给冻死了又咋整？给人从生死线上拉回来，又给人放回到生死线上，这要是死了，不是得算我杀生吗？俗话说送佛送到西，白天我就又趁家里人不注意，拿了食物和毛毯，去锥子屋。一到锥子屋，他还在那儿躺着呢。他一见我，特别高兴，指指自己的腿，嘴角挂下来，我明白他是腿断了，没法走路。那也没辙，谁让我心善呢，把毛毯盖到他身上，喂他吃喝。还从家取了木板，给他做了夹板。之后的几天，我有空就往锥子屋跑，除了保障他的生命安全，我们也聊天。但言语不通，谁也不知道对方说的啥，到情急处，他开始用手比画。飞机，飞呢，砰砰砰，呜，哐。我明白了，他是让人给打下来的。我心里头很挣扎，他明显对我们国家来者不善，但交上去，我又有点于心不忍，好歹是一条人命呢。这件事太复杂了，我回家第一件事就是先取消婚约。因为有更大的事情在等我处理。男方家里明显不会同意，说临了临了不结了，没有这么办事儿的。我爸妈也不同意，问我是不是有其他心思了，见天儿往外跑。我咬死说没有，死活不结，不结婚能把我咋的呢。男方家里人天天来家里静坐，盯着我，劝我。我根本啥都没听进耳朵，心里头都是那个飞行员，一直找机会去锥子屋。总算借着上厕所的名义，让我找到机会溜了。一到锥子屋，飞行员见到我特别高兴，对我说，finally! 我见他没死，也很高兴。这时门被撞开了，我那未婚夫走进来，指着我的鼻子就开始骂，说我个荡妇，早就猜到是我在外头有破鞋了，还是个外国破鞋，臭不要脸，臭婊子。我还来不及反应，他就从腰里拿出柄手斧，一斧头砍在飞行员脖子上，血喷了我一脸。飞行员立马不行了，瘫了下去，像一条死狗。未婚夫转脸就要来砍我。我拔腿就跑，不停地跑，不回头地跑。从白天跑到天黑，不知道跑了多久，我遇见座庙，躲了进去。住持是个好心人，见我狼狈的模样，收留了我。那几天，我脑子里全是飞行员倒在血泊里的样子，眼睛慢慢从蓝色变成灰色，我的眼泪不停地流。住持问我发生了什么，我对他讲了我的故事。他双手合十，说会为飞行员超度的，让我放心，外国人也是人，甚至外星人也在六道里头，都能投胎。还递给我一本经书让我难过的时候就念一下，说看不懂没关系，念认识的字就行。我就反复念上面的三个字：一切勇，一切勇。可没想到，没过几天住持就打电话报了警，这个死秃驴。我爸妈找到我，要带我回家，我死活不回去。警方说我说的事情根本是子虚乌有，没发生过。我当然不信，带他们去了锥子屋，可里头什么也没有。还去了河谷，连飞机都不见了。我立即明白了，飞行员身份敏感，国家层面的事情，知道的人当然越少越好。我知道没有人会信我。我回了家，爸妈还是让我和那个杀人犯结婚，我接受不了，又跑了，又被抓回来。最后他们把我送到了精神病院，一路住过来，住到了这里，后来……

后来的我就没有再听到了，睡了过去。

第二天我身体完整地醒来，稍微松了一口气，一整天我都沉浸在苏静川给我讲的故事里没有出来。偶尔我观察苏静川的脸色，没有特殊的情况，依旧冷静、沉稳，不知道又从哪里搞了一本《中国诗史》，坐在那里猛翻。来回来去只念一句诗："唯有南风旧相识，偷开门户又翻书。"念叨了一整天。到黄昏的时候，我突如其来地崩溃了。我整个人感觉糟透了，苏静川昨晚说的故事，像个幽魂萦绕在我的心头。我感到心跳加速，手心冒汗，疼痛从各处蔓延开来，手情不自禁地抖，是住院以来头一次感觉糟糕，一种无法言说的糟糕。我望向窗外，窗户上装了防止病人跳楼的围栏，而外面除了灰蒙蒙的天空，连只鸟都没有。我对一切产生了最坏的打算，我当时觉得就算我出院了，一切还是被什么东西圈着。我们都是猪。吃了睡，睡了吃。看着4K液晶电视里生动无比的色彩，对比显示出的是我们惨白干枯的脸。我们除了浪费时间，什么有意义的事情都做不了。谁知道我有没有存在过呢？又有谁知道飞行员有没有存在过呢？

中午吃过药，我什么都不想干，瘫在床上一动也不动，我开始觉得是药把我吃坏了，我应该明明什么病也没有。健健康康，白白胖胖。可实际上，从头到尾，对于发生在我身上的事情，我一点抗拒也没有，没有一点挣扎和努力。我就躺在那里，看着苏静川翻书，苏静川察觉到了，说，你现在不怕了？我说，怕？苏静川说，你昨天很怕，今天就不怕了。我说，被你看出来。苏静川说，现在想起来一些事情了吧？我说，我也不知道自己想起什么了，就是感觉很糟糕。苏静川说，那就对了，糟糕就是回忆起被遗忘事物的感觉，电一电，就忘一忘，才可以继续生活。我说，那你都被电那么多次了，怎么还记得清清楚楚？苏静川说，我太强大了，跟你说了，我不是凡人。

我脑海里突然生出一个问题，问苏静川，你是不是爱上那个飞行员了？苏静川说，当然了。我又问，那"一切勇"是什么意思？苏静川说，"一切勇"就是"一切勇"的意思。我在脑子里默念了"一切勇"这三个字。我问，你说的到底是真的还是假的？苏静川说，你觉得真就真，你觉得假就假。我问，那你觉得呢？她说，这不重要。之后仿佛是为了回报她掏心窝子对我诉说她的往事一般，我也对她讲了我是如何得病、如何消沉的，那一天到底是自杀还是只是为了睡个好觉。听完，她点点头。

　　日落之后我生出一种错觉，那就是我下半辈子就都要在这里度过了，像苏静川一样，她开始住进来的时候，可能也没想到自己一待就是这么久。为了中止这种想法，早些结束这感觉糟糕的一天，天刚擦黑我就服下两倍的安眠药。我睡得很不安稳，一直在做梦。梦见我趴在灌木丛里，下巴架在狙击步枪的枪托上，瞄准镜里，一辆敞篷轿车驶过迪利广场。车后座上坐着唐纳德·特朗普。准心跟随他的头部移动。一只手扶上我的手，我回头，是苏静川。我看着她，突然想起，在我为数不多读过的书里面，有一篇短篇小说的情节就是一个人在山林里发现了一架坠毁的飞机，和苏静川说的如出一辙。我努力回忆那篇小说的名字，我的手指尖越来越接近这个透明泡泡，就在名字即将冒出在我的脑海里时。是了，是罗恩·拉什《炽焰燃烧》里的一篇……就在此时我突然感觉自己没有办法呼吸了，喉咙里像是堵了什么东西，喘不过来气。睁开眼，发现苏静川正死死掐住我的脖子。我说不了话，只能盯着她。她的力气怎么会这么大？我想伸手反抗，却发现我的手被皮带捆住了。苏静川脸上的表情没有任何异样，反而带着一脸的慈祥，轻轻地对我说，为什么非要拆穿呢？何必呢？我感到血往我的脑袋里涌。苏静川说，不要害怕，一会儿就过去了，我是来救你的。你都忘记你是你了，全都忘了，但我也不伤心，没有关系的。但我都记着呢，你放心好了，这回事情没那么复杂，你也不会那么疼了，我会处理好的。下一次再见到我，你就会什么都想起来了。我渐渐听不清她在说什么了，我用尽最后一点力气，手从皮带里挣了出来，按下床头的紧急呼叫按钮。

再醒过来时医生通知我可以出院了，我看了看身边空空如也的另一张病床，有点恍惚，感觉发生了一大堆的事情，又因为这些事情没有在这个世界留下痕迹而觉得没有发生过。我不敢问医生苏静川去哪里了，我最害怕得到的回答是根本就没有过这个人。当然了，有这个人更麻烦。我收拾东西赶紧回了家，没有去问，没有去验证。一直到现在，整件事情我就没对任何人说起过。可我在人群里时，会下意识地去找苏静川的脸，我总觉得她在哪个地方偷偷地看着我，要来带我走，去那个锥子屋。

马克文听完我的讲述，脸上也是恍惚的表情，说，我真不知道你身上发生了这么大的事情。我摊摊手，说，生活嘛。随后，他开始向我倾诉这次返回美国的实情。是因为在这边偷情被远在他乡的美国老婆发现了，老婆不依不饶，他不得不回去生活工作。听完我顿时觉得有点浪费感情，憋到最后竟然就是这么一点屁事。我讲得口干舌燥，马克文连个菜都没加。这种

"知识分子"就喜欢用宏大的理论包裹可悲的自我，我早该预料到是这么个情况，懊悔极了。我草草结束这场糟糕的谈话，让他掏了钱买单。我嘱咐他回去早点休息，毕竟明天还要坐长途飞机，况且还有那么多糟心事要处理。事实上我真的不太关心谁出轨了、谁杀了谁、是谁的错、谁要死谁要活这些鸟事，我只想回去睡大觉。走出餐厅的路上马克文仿佛想起了什么，皱着眉头问我，索尔德罗，哪个索尔德罗？

日常生活

正　骨

　　这家位于地下一层的足疗店有面可吃。从云南米线到意大利面，应有尽有，一如它的产业布局，日式泡汤、扬州搓澡、韩国汗蒸、古法美容、中医推拿、全球餐饮，无所不包，让人怀疑它试图做足疗界的世界公园。

　　一位洗完澡的男人点了份越南河粉，汤浓得像是拿调料勾兑出来的，但男人对此没有什么意见，吃什么都是填饱肚子。假期闲暇的人群填满就餐区域，男人被挤到走道里一张小桌子前坐下，座椅又小又矮。粉来了，他只好团着身子，把脸埋进面碗里，那个碗和他的脸差不多大。

　　吃面时，一个混血的小女孩光脚在走道里狂奔而来又狂奔而去，从男人的身边来来回回，带起一阵小旋风。她正处于人生中精力无穷的阶段，她的脚每蹬在地上一下，男人的碗就被震起来一点点。

男人只管吃面。

十几个来回之后，小女孩终于被一位穿着中式马褂的工作人员拦截。

马褂蹲下，对小女孩说："这样很危险哦，会摔倒。"

不知道是基因里自带的热情，还是由于年纪太小而致的天真，小女孩很自然地抱住了马褂。

马褂抱起她，坐到沙发上，问："你爸爸妈妈呢？"

小女孩说："在楼上按摩呢！"

马褂看了看她有些发黄的头发，问："你爸爸是哪里人呀？"

小女孩说："美国！"

马褂问："那你妈妈呢？"

小女孩说："我妈妈是中国人！"

马褂顿了一下，问："那你是哪里人呢？"

小女孩想了想，没有回答这个问题，挣脱开马褂的手臂，跑上楼了。

男人吃完面了，似乎对这一幕有些意见，毕竟小女孩年纪还小，尚且还算无辜的人类，不应该被问这样无聊的问题。马褂起身走了，吃完面的男人打算再去按个摩。

"您好，有预约吗？"服务员问。

"没有。"男人说。

"那我看看有没有空闲的技师。您有特别喜欢的技师吗？"

服务员一顿操作，显示屏上显示出四个人的号码和名号。

有宝马、二郎神、胖妞、喜鹊。喜鹊，110号，男人认识她，她为他服务过几次。其实男人不太喜欢110号，主要是因为她话太多，太爱闲聊，其次是觉得喜鹊太爱打量别人，总是盯着别人看，被发现了仍要继续偷偷地看，让人感觉不自在。但男人现在对此没有太多意见，也没有和服务员特意提及110号的名字，他说："没有，都可以。"

喜鹊走进来的第一句话是："今天是一个人来的？"

男人点点头，说："是呀。"

从进来的第一秒开始，喜鹊的眼神就没离开过男人，从头到脚，从脚到头，上下打量了个遍。男人装作没有看见的样子，在电视上调出《流浪地球》，播放起来。龙标一过，喜鹊得出了一个结论："你瘦了好多啊。"

男人眼睛没离开过屏幕，点点头，说："嗯，瘦了点。"

喜鹊开始给男人按脚，说："瘦了一点你显得都高了。"

男人哈哈一笑，说："那真是太好了。"

喜鹊扭头看了看电视，说："这个片子是不是特别火。听说特好看。"

男人说："好像是，你看了吗？"

喜鹊说："我没有，我就是听他们说的。都说好看。"

男人说："那今天你正好可以看一看了。"

喜鹊嘿嘿一笑，瞄了一眼屏幕，但眼神马上又转回来，盯着男人，说："你是不是好久没来了。"

男人点点头，说："是挺久没来了。"

其实男人一直有来，只是点了别的技师，懒得说了，很多事情他都懒得说。

　　喜鹊盯着男人，男人盯着屏幕，这种片子真的只能在大银幕上看看，当屏幕足够大时就可以强迫所有人看它，如今在电视上看起来跟过家家似的。特效处理过的演员面孔出现在头盔里，看起来比例失调，像大头儿子。

　　喜鹊问："不好看？"

　　男人摇摇头，说："挺好看的。"

　　喜鹊说："看你表情感觉不太好看。"

　　男人说："没办法，我就长这样。不是电影的错。"

　　男人点的套餐里有按摩背部的服务，背过身趴下时，剧情正进行到扣人心弦的关键之处：就在地球上所有人都以为自己要玩儿完的时候，男主角一行人发现，嘿，咱人类可以把木星给点了。

　　男人把脸塞进按摩椅的孔洞里，感叹："天才。"

　　喜鹊的手在男人的肩颈按揉了一圈，说："你这块突起颗粒好多啊，是不是特别不舒服？"

　　男人嗯了一声。

　　"是湿气，"喜鹊判断，"还有肝火。"

　　男人嗯了第二声。

　　喜鹊说："你这样下去可不太行，会得颈椎病的。"

　　男人说："已经得了。"

　　喜鹊说："得了那就更要调理一下，我们最近和少林寺有合作项目，请他们的师父过来用少林手法按摩，正骨调理，要不要试试？今天正好有体验活动。"

男人说："少林寺？"

喜鹊说："对，少林寺。"

男人问："释永信那个少林寺？"

喜鹊说："没错。"

一般来说男人平时会拒绝这种推销，但一想到回家无事可做，而且确实常感肩颈疼痛难忍，便说："行，那试试看。"

喜鹊喜出望外，说："等我，我去叫大师。"

男人正好趴累了，趁机坐起来，回过头看电视，吴京正欲摔碎酒瓶慷慨赴死之时，喜鹊带着大师推门而入。

大师没穿袈裟，也不是光头，甚至秀发还有些飘逸，穿了一身中式马褂。

男人这才发现眼前这位大师正是刚才质问小女孩是哪国人的那个马褂。

男人再次面朝下趴好，马褂双手一探，顺着男人的颈椎一路而下。

"第三节、第六七节有点问题。小手指平时是不是有点麻？"

男人活动了一下手指，说："嗯，确实麻。"

"是第六七节压迫神经所致的，这条经，你有没有感觉？"说着，马褂揉过男人右边肩膀，顺到右手大臂小臂，酥麻感传到了小拇指。

男人说："有。"

马褂右手又顶住男人的脖子，说："这是第三节，你这个左移得有点厉害，容易导致大脑供血不足，头晕头痛，以及失眠。"

男人说："失眠比较严重。"

喜鹊在一旁啧啧称奇，说："你看，大师多厉害。大师，他这个情况是不是挺严重的？"

马褂说："中等严重，多调理，能回去。"

男人说："睡不着比较难受，其他的还好。"

喜鹊说："你买一个疗程，十次送一次，准保能好。睡得香香的。"

马褂问："失眠有多严重？"

男人说："得吃安眠药。"

马褂说："这么严重？是入睡困难吗？还是多梦？"

男人说："都有。"

马褂说："一般老人才会这么严重，睡前有什么不良习惯吗？比如吃东西或者喝太多水之类的。"

男人说："没有，不吃也不喝。"

喜鹊说："是手机，肯定是手机，睡前不能玩手机。"

马褂说："对，手机的蓝光容易导致亢奋，睡前最好不要玩手机。"

男人说："不是手机的问题。"

马褂站起来，俯瞰男人的背部，说："让我看看你的脊柱，啧啧……还有点侧弯。平时习惯很不好啊。你看，都是扭曲的。"

马褂招呼喜鹊站起来一起检查，两个人像是在端详一只待解剖的青蛙，止不住地摇头。

马褂坐下，说："你这个一定要注意了，安眠药必须要少吃，能不吃就不吃，睡前泡个脚，有助于睡眠。"

喜鹊说："对，我睡前泡个脚就会睡得特别香。"

男人说："我试过，没啥用。"

马褂说："起床就离开床去干别的，床就是拿来睡觉的，不要在床上干其他任何事。"

喜鹊说："还有就是我觉得，每天要运动那么一下，对睡眠也有帮助。"

马褂说："对，是有帮助。"

男人说："试过，没啥用。"

马褂说："那就是不够，运动得够累，啥觉都睡好了。"

喜鹊说："现在都市人就是，上班都坐着，很容易有颈椎病的，多动动。"

马褂说："我这里还有段音乐，你加我微信，我发给你，特别好。"

男人说："相信我，真的什么都试过了，音乐也听过，没有用……"

马褂笑了，说："呵呵，别人管我要我还不给呢！我自己平时都听的，真的特别好。"

男人叹了口气，电视里木星被点燃，人类喜不胜收，能活下来真是太好了。有什么能比活下来更好呢？没有了。

男人脸塞在孔洞里，眼前只有瓷砖地面，他不清楚自己的声音听起来是什么样的，但还是说："小半年没睡一个完整的觉了。"

马褂说："怎么个情况呢？"

男人说："我老婆生病了来着，需要人照顾。可能是形成惯性了吧。"

马褂说："那后来呢？调整不过来了？"

男人说："后来她去世了嘛。"

马褂和喜鹊沉默了有一段时间，电视里开始出片尾曲，男人听着有点耳熟，像是《星际穿越》的配乐，直到很突兀地出现了刘欢的声音。真的跟闹着玩儿似的。

马褂的双手不断地揉着，柔软而有力，唉了一声，说："我懂的，兄弟，我懂的，睡不着的。"

男人说："是呀。"

马褂说："确实是没有办法。我明白的。我那时候也是的。我儿子走的时候。"

这次轮到男人沉默了，过会儿，他问："是怎么走的？"

马褂说："误诊。拉不出屎，医生给开了泻药，吃下去，人就不行了。我们那小地方，医院不行。"

男人问："多大？"

马褂说："十个月。其实我当时就知道他不行了，脱水脱得厉害，当时都没有心跳了，但我摸摸他，还有点体温，我就抱着他往医院跑。我跑得好快，真的好快，比汽车还快，我跑到医院只用了四分钟。四分钟啊。抢救有效果的，心跳回来了……"

片尾曲播送完毕，什么声音都没有了。

马褂继续说："……但最后还是走了。"

男人说："唉。"

马褂说："那之后确实感觉完了，什么都不想干，也睡不着，真的好像行尸走肉一样。老婆要跟我离婚，一个家好像就这么散了，全都没了。身边的人还让我去告那个医生，但我没有，又有什么意义呢，真的，没有意义。"

男人说："是啊。"

马褂说："确实睡不着，没有办法的，我明白的。我懂的。"

男人说："都是没有办法的事。"

马褂说："后来走出来，就好多了。后来稍微能工作一点了，再后来老婆意外怀孕了，是个意外，我们不想要的。"

喜鹊说："肯定是那孩子回来找你了。"

马褂说："他们也都这么说……"

喜鹊说："肯定是的。"

马褂说："平时我都不说的，来这里上班有些时间了，从没跟人说过。今天遇到你了。"

马褂拍了拍男人的肩膀。

男人的脸深埋在孔洞里，马褂没有看见他是如何把从泪腺里冒出来的眼泪憋回去的。

男人也没看见喜鹊抽了一张纸巾，轻轻擦去马褂脸上的眼泪。

马褂说："我今天着重给你调睡眠这一块，你平时吃多少安眠药？"

男人说："一片。"

马褂说："调完你今天只用吃半片，深吸一口气，憋住。"

男人听从指令，深深吸了一口气。

马褂左手手指顶住男人的第三节颈椎，右手用均匀而缓慢的力量牵引住男人的颈部。

马裰运了一口气，丹田发力，男人感到一股如潮水般的力量在推动他的骨头，有一点疼，但它似乎正在回到它应该待着的位置。

正骨完毕，马裰嘱咐男人："睡觉尽量采用仰卧睡姿，慢慢调整，会好的。"

男人说："谢谢。"

买单时，风从楼上的大门里灌进来，穿过楼道，来到地下。

男人闻到了一股熟悉的气味，那是曾包裹他们的冬天的雨季，哪怕已经五月，哪怕就快夏天，再充足的阳光也无法抹除他的疑惑，真的有人可以很容易地活着吗？

"外面下雨了？"男人问服务员。

"没有。"服务员如此回答。

踢 球

夏天到了，新闻联播开始播送时，太阳还未下山。小区露天健身广场，一对男女站在乒乓球桌前，手持今天刚送到的乒乓球拍。最普通的红双喜普通款套装，附赠两颗乒乓球，超值。这是男人第一次网购，前后反复对比了几家网店，心里有些忐忑，害怕买到假货。

男人持横拍，很随意地发球，但身体时刻保持较低重心，一看就是有底子，年轻时绝对没少打。相比之下女人有些僵硬，直愣愣地站着，持竖拍，穿白色连衣裙，微胖，显得格格不入。球被发得很轻松很好接，过网，女人抬手就是一抽。球连球案都没沾到，嗖地飞出去十米远。

男人跑过去捡起球来，接着跑回来发球，球沾了两下案子，女人抬手又是一抽，这次有十五米远。男人再次朝球跑去。

如此折返跑了十几次，一次比一次远。男人喘着粗气，一边把球拍塞进包装，一边朝女人走过去。

女人问，不打了？

男人说，累了，我真累了。

女人说，你总算累了。

男人收拾好球拍，说，和你打真没劲。

女人说，那你和他们打去。

女人努努嘴，旁边案子两个老头已经互相抽了二十多个来回，仍然没有停止的迹象。

男人不屑，说，我不爱和他们玩儿。

女人说，我本来就不会打。

男人说，运动运动，有益身体健康嘛。太久没运动了，咱真得多下楼转转。

女人说，我在家待得挺健康，非拉我下来。说好只是下楼遛弯，你倒好，偷摸揣了俩拍子，什么时候买的我都不知道。

男人说，不打了，咱还是遛弯儿吧。

男人和女人开始散步。晚饭后，昏暗的小区里挤满绕圈散步的人，他们除了遇到熟人打个招呼之外从不过多交谈，所有人埋头疾步快走，一圈又一圈，为了走而走。女人已经很久没有下楼，男人常常独自散步，身在其中时他常常想起以前给儿子买的宠物仓鼠。

小区中央是对外营业的足球场，占地不大，只有两块较小的草皮。今天两个场子都亮了灯，一个有人包场，另一个正在上青少年足球课。上课的孩子在教练的指导下，正有条不紊地进行绕桩射门训练。而包场那边，一群下班的白领正分拨踢着比赛，一看便是不太正规的那种，因为各式的球衣都有，甚至还有撞衫的。共计两个武磊（分别为上海上港版和西班牙人版），一个梅西，一个内马尔，一个罗西基，一个国家队罗本。还有几个穿休闲装的，拢共十一个人。六打五。

男人和女人散步到两个球场边，男人来了兴致，停下脚步，女人也不得不跟着一起停下。罗西基一脚长传，武磊头槌攻门，球进了。

男人喊，好球！

武磊听到场外的喝彩，客气回应道，蒙的，蒙的。

男人目不转睛地观看比赛，偶尔点评。女人把头偏向了另一边的球场。

内马尔门前停球失误，惨遭抢断，痛失良机，男人惋惜大喊，别停啊，直接打！

内马尔没有理他。不愧是内马尔。

男人嘟囔，说，要是我，我就直接打了。

女人刚反应过来，把头扭回来，说，啊？

男人说，刚刚那球，要是我肯定就进了。

女人说，哦。

男人说，你是不是不信。

女人说，没有。

男人说，我告诉你，你还真别不信，我上学的时候，那可是我们学校主力前锋。

女人说，我没不信。

男人说，真的，我跟你说，那时我们跟区里另外一个学校踢，区级比赛，那可是大比赛啊，你知道我是怎么踢的吗？

女人说，不知道。

男人说，对面被我们压得只敢后场倒脚，我都烦了！你猜我怎么着？

女人没有猜，但不妨碍男人继续说，我直接就在中场坐下了！狂不狂，你说狂不狂。

女人说，狂。

男人说，我那时候就是这么狂。主要也是表达一种不满，倒脚令人昏昏欲睡，足球不是那么踢的！太没意思了，还不如长传冲吊。

罗本后场起脚，一记长传，可惜发力过大，球直接出了底线。

男人反而献上掌声，喊道，就这么打，绝对出效果！

场里的人小声交流，说，得，我们有教练了。

大家哄笑一片。

女人的头又情不自禁扭到旁边去，男人捅捅女人的胳膊肘，说，我知道你不信。

女人说，我没有不信，真没有。

男人说，倒挂金钩，你知道吧？

女人说，不知道，我连越位是什么都不知道。

男人说，那个还挺复杂，不说了，倒挂金钩顾名思义，就是倒过来射门，头朝下。

女人说，哦。

男人说，我以前那个柔韧性，是真不错，我们教练老夸我，说我是跳芭蕾的。

女人说，你还会跳芭蕾？我怎么不知道。

男人说，一种比喻，比喻你懂吗。

女人说，我不懂，行吗。

男人说，我看你是不信我，来。

说着男人把钱包塞到女人手里，说，举高。

女人问，干吗？

男人说，别问，让你举高呢。

女人比较敷衍地把手抬了起来，男人不满意，说，再高点。

女人又抬了一点。

男人加码，说，再高。

女人赌气似的直接把手举过头顶，伸得直直的。

男人说，嘿，来劲了是吧，我说你不信你还不承认，但你别动，你踮着脚我也能踢到，你信不信。

说完男人开始热身，先是原地高抬腿，又是箭步拉伸。

女人深呼了一口气，把钱包扔到了男人身上。

男人接住钱包，说，怎么了你。

女人说，你想踢就去问人家能不能加你一个，反正他们不是六打五呢么，正好少一个。

男人说，人家都是熟人包场的。

女人说，踢完你掏一份子钱不就行了么，说个没完，拿我寻开心，我又不懂足球。

男人说，想踢我这鞋也不允许啊，旅游鞋。脚疼。

男人指指自己脚。

女人说，借口多。

两个人有一阵没有说话，直到梅西发出一个低平角球，打在防守队员身上，进了。乌龙球。

男人又开始鼓掌，说，有想法嘿！

女人把钱包从男人手里抽过来，问，你吃冰棍吗？我去买。

男人说，你不是胃不好吗？

女人说，今天想吃了。

男人说，那我也吃。

女人说，行，那你等我。

走了两步，女人回身，说，你刚刚那堆破事儿，跟我说过不下五遍了。

说完，转身走了。

女人走之后，男人悄悄摸近球门附近，询问了场上的人能否加他一个，因为他觉得六踢五确实对不起体育竞技，有违奥林匹克精神。可惜的是对方告知他还有一位参赛人员已经约好，正在来的路上，实在抱歉。

男人说，那就行，人够就行！

说完他踱回到原来的位置，蹲了下去。

看了一会儿，男人有些疲了，分析来分析去，结论是场上的人踢得确实挺糙的，不如他的校队队友，他们现在都在哪儿呢？太久没有联系了。

球场的大灯晃得他眼睛有点花，恍惚间，刚刚还只有十一个人的场上，这时又多了一个人。那人看着过分年轻，年龄比场上其他人小了起码一轮。

那年轻人自顾自地坐在场中央，两腿伸得直直的，双手支撑在背后。其他人传来传去，似乎没把他放在眼里，而他也没有去碰一下球的欲望。突然，年轻人猛地转头看向男人，光实在太扎眼了，男人后背的汗洪水般流过。

人家没加你？女人回来了，递上一根大红果，问道。

男人站起来接过冰棍，撕开包装吃起来，摇了摇头，说，我都没去问。

女人吃的是梦龙，先把外面的巧克力包浆吃了个干净。

男的抱怨，说，你怎么回事，给自己买洋雪糕，给我买大红果。

女人说，你就配大红果。

再回过头时，场上刚才凭空出现的那个年轻人不见了，重新变回了六打五。

男人看腻了，踢来踢去就那么回事，不优雅也不激烈，大伙儿都是图一乐，观赏性实在不高。

男人说，咱们走吧。

女人说，再看会。

眼睛却还是盯着旁边另外一片场地，上足球课的小学生显然已经很累了，但在教练的鞭策下，依旧不知疲倦地摆动着双腿，停球，带球，摆脱，打门，一个接着一个，都很认真。

男人看了女人一阵，说，你怪怪的。

空气里仿佛有什么东西被戳破了。雪糕已经吃完了，女人仍用牙齿狠狠地咬着木棍儿，棍儿被咬出了一大片牙印。她的呼吸变得有点急促起来，胸口开始明显地起伏。来了一阵风，抚摸过男人后背的汗和女人的连衣裙。女人的眉头皱起来，吸了一下鼻子，像是憋不住了，眼泪无声地漫上了眼眶，扭过头看男人。

男人看了看另一片球场上的那群孩子，像是明白了什么，眉毛拉得老高，惊觉自己的迟钝。

女人把头扭回去，眼泪夺眶而出。

男人把女人掰过来，小心翼翼地抱住，女人把脑袋埋进男人的肩膀。

男人的眼眶红得像离别站台背景里的晚霞，瞪着正圆。他不敢眨眼，怕眼泪会被挤出来。

这时西班牙人武磊一脚怒射，发力不正偏出球门，皮球狠狠地砸在男女身旁的网上，声音闷闷的，像藏在棉被里的一声枪响。

两人没有反应，继续拥抱着。

男人把手里没吃完的冰棍扔了，抚摸着女人的后背，说，对不起。

白领们迎来了中场休息，他们围坐在场边，往自己的嘴里灌运动饮料，补充流失的水分。

罗西基努努嘴，示意大家瞧瞧那对拥抱在一起的中年男女。

内马尔笑了，说，大叔可以啊，有一手。

梅西说，这就叫罗曼蒂克。

查看完手机的上港武磊宣布一个不好的消息，说，完，小罗说自己来不了了。

罗本抱怨说，小罗怎么回事。

上港武磊说，说是家里孩子生病了。

罗本说，那确实没辙。

内马尔问，又生病了？他们家孩子身体够差的。

上港武磊说，底子薄，没办法。

一百八十斤的梅西说，唉，小孩是最脆弱的时候。我小时候好几次差点就死了。

罗本喝了口水，试图把大家的注意力拉回到足球本身上，踢球就是为了忘记某些事情。

他说，那咋办，我们这拨老少一个人也不太公平啊。

大家很默契地看向场边那个看了半场球穿着旅游鞋的男人。

罗本招呼男人，喊道，叔！踢吗？我们那哥们儿来不了了。

听到声音，女人从男人怀里挣开，背过身，用手臂抹干自己脸上的眼泪。

男人抹了把脸，有点犹豫，看看女人，又看看罗本。

女人说，去吧，你去踢吧，运动运动，有益身体健康。

男人把手搭在女人肩膀上，说，可我是旅游鞋。

女人说，没事，我看你脚趾头上那老茧挺厚的。

男人说，刚吃完冰棍，不能动太厉害……

女人打断他，说，我想看倒挂金钩。

男人说，真的？

女人点点头，说，真的。

男人说，你等着，看我给你表演。

女人说，好。

新闻联播早已播送完了，太阳仍未完全下山，夏天就是这样。说了太多浮于表面的话，永远也撇不干净一杯啤酒上的沫，这时终于可以闭嘴了。提起的对于没提起的来说只是一种掩护。在空中时，男人什么都没有想起，只是尽全力舒展身体，像一位芭蕾舞演员。球在哪里，他不知道，但经过训练的身体应该知道。

身体渐渐倒转过来，世界也跟着颠倒。他看到那个年轻人又出现在场上，保持坐姿，倒悬于草坪，正笑吟吟看着他。这一脚能不能踢到，他也没准。注定的是，下一秒他将转到另一侧，能说的只有一声再见。再下一秒，他就要重重摔到大地上，身体深处有个地方将要或已经被折断。疼痛到明天才会袭击他的身体，并且再也不会离开。

捞月亮

吃过晚饭，天已经黑了，女的整个人如一摊胶体瘫在沙发，手里握着遥控器。整条手臂也如同没了筋骨，搁置在沙发上。

拨动手指头，互联网智能电视随之翻动，最新的综艺已上线，有明星和明星旅游的，明星唱歌跳舞的，明星做游戏的，明星聊天扯淡的，明星和明星假装谈恋爱的。

综艺是浪费时间的宝贵工具。

女的随机点开一个，没两分钟，又退了出去，紧接着就把电视关掉了。

前段时间为了学英语，她把家里所有电子设备系统语言都设置成了英语，此时电视上显示出大大的"NO SIGNAL"字样。

女的用脚趾头夹起地上的手机，用手接过，解锁，滑了几下，点开几个 App，又把屏幕锁上。咔嗒。又捡起地上的一本书翻开，看了几页，合上，拿起手机，解锁，滑了几下，锁上。如此反复了几次，女的把书和手机一扔，整条人从沙发上弹了起来。鲤鱼打挺。

女的滑到书房门口，身体倚靠在门框，盯着坐在电脑桌前的男的。男的眼睛盯着屏幕，手指头在鼠标滚轮上滑动。

女的问，你在干吗？

男的没有回头，说，冲浪。

女的说，刷网页？

男的点点头。

女的说，那用手机不是一样么？

男的说，我比较喜欢用电脑。

女的说，整个互联网都刷不出什么新东西了，有什么好看的？

男的说，没什么好看的，一直都没什么好看的，瞎看么不是。

女的说，无聊。

男的说，确实无聊啊。

女的在门框拉伸起来，大长胳膊大长脚，如同四条带鱼，说，咱干点什么吧。

男的说，打游戏吗？

女的说，也没有意思。

男的说，咱喝酒去？

女的说，和你有什么好喝的。

男的说，那你找你的闺蜜们喝去啊。

女的说，今天不想见她们。

男的说，电视也不好看吗？

女的说，太傻了。

男的说，那你逛逛淘宝啊，家里不是缺几幅画挂么，你淘淘看。

女的说，你还给我分配上工作了？

男的说，没事儿干么你这不是。

女的说，不想。

男的说，有劲儿没处使？

女的说，做点什么，做一点什么。

男的这时才把头转过来，看了看女的，问，咋了，你想做爱了？

女的笑了起来，好像男的说了特别好笑的段子。女的说，你们中国男的怎么回事？

这时一整个月亮从书房的窗户探出来，又大又圆又亮，说是一个大电灯泡一点也不过分。离他们很近，书房里光线柔和，月亮让人看得很清楚，它从来不怕别人盯着它看。男的把头转回电脑屏幕，点击刷新，没有任何新东西出来。切换了几个网站，情况如出一辙。

男的抱怨，说，这网跟断了似的。

女的说，你刷新得太快了，这个世界跟不上你。

男的说，你真哲。

女的盯着月亮看了一会儿，说，咱们去捞月亮吧。

这回轮到男的笑了，说，你们中国女的怎么回事？

女的表情严肃，说，真的，咱们去捞月亮吧。

男的说，来真的？

女的说，没逗你玩。

男的说，猴子捞月的故事不可能没听过吧？

女的说，听过啊。

男的说，那你还要捞？

女的说，非捞不可。

男的把头掰过来，看女的，女的身体离开了门框，认真地看着男的。

男的问，你今天是咋了？

女的说，没咋，咱捞月亮去啊。

男的说，是不是快来大姨妈了？

女的说，你能不能不要这么肤浅，走，咱捞月亮去。

男的问，是不是生气了？

女的说，没有啊。

男的说，是不是我玩电脑没理你，让你不舒服了。

女的说，真没有，走啊，捞月亮去。

男的把头扭回来说，你疯了。

女的说，你不去那我自个儿去了。

说完，女的兴奋起来，回到卧室换了一身运动服，顺带洗了把脸，把头发扎到脑袋后面。接着走到储物间开始翻找。男的感到不妙，起身离开电脑，找到女的，问，你在干吗？

女的说，你上次钓鱼用的那个捞网呢，就用了一回的那个。

男的说，你真去啊？

女的说，说了没跟你开玩笑，有劲没劲。

男的说，那起码咱讨论一下怎么个实行方案吧，该怎么捞不得想清楚吗？

女的回过头，脸贴到男的脸跟前，盯着男的眼睛，说，如果怎么捞都捞不到，那怎么捞就不重要了，对吗？

男的愣住了。

女的回过身，翻了翻，说，在这里。

女的揣好网，穿上鞋就往门外走，男的赶紧跟了上去。

两个人坐到车上，不是什么好车，上个月刚还完车贷。

男的把着方向盘，说，今天真不知道你是怎么了。

女的说，我好好的。

男的说，好好的你跟这儿发疯？有什么事你直接跟我说，咱们可以沟通。

女的说，要我说多少遍，真没事好吗？而且待着才容易疯好吧。

男的说，真没事就行，我就是怕你有事。

女的说，你看你其实也想来的，你这不是巴巴跟来了吗？小狗。

男的说，我这是担心你。

女的说，你还是担心担心你自己吧。

车开到公园门口，大门已经被锁上。告示牌上写着"闭园时间 21:00"。

男的问，怎么办？

女的说，开到北面，穿过一片树林可以翻栏杆过去。

男的一边掉头一边问，你怎么知道的？

女的说，这个你不要管，开就是了，好司机从来不多嘴。

在开往目的地的过程中，男的忍不住感叹，说，我不懂这有什么意义。

女的眉头皱起来，好像是闻到了冰箱里馊掉的剩菜，说，那我跟你在一起又有什么意义？

男的说，啥意思，想跟我分手了？我说你有事，你还不承认。

女的说，不是这个意思。不过说实话，我最烦的就是你身上这一点。

男的说，哪一点？

女的说，总是要问有什么意义有什么意义，显你多聪明呢？没什么意义，都没什么意义，那你怎么办？

男的说，我也不知道怎么办。

女的说，所以你问它干吗呢？真的，非要意义，那我和你在一起这件事情本身就是意义，捞就是意义。

男的想说，我知道我烦人。但他很识趣地把嘴闭上了。

穿越栾树林时，女的脚踩在树叶和杂草组成的地毯上，发出嘎吱嘎吱的声音。男的紧紧跟在她身后。终点是一点五个人高的栅栏，翻过去，两人进入了公园内部。

公园里的灯全都已经熄灭，空无一人，让人感觉世界上所有其他人都已进入梦乡。

在两人面前的是一片不算太宽阔的人工湖，湖面上映着一个月亮，那是这个世界全部的光源。风吹过，湖面上的月亮便随之浮动变形，但它没有被吹跑。没人可以把它吹跑。

女的伸长捞网，捞网算比较长的款式了，但和这片湖面比起来仍显得非常渺小。那巨大的阿波罗 11 号进入太空时也会成为一个黑点。女的把捞网扔到脚边。

男的说，你看，我说吧，捞不到的，咱走吧。

女的说，不行。

男的说，那你还想怎么样？

女的说，捞它。

男的说，还真猴子捞月啊。

女的说，你怎么就是不信我呢。

男的说，咱也不是猴儿啊，猴儿还有一大群呢，手把脚一个个挂下去，形成一个猴梯，咱就俩人，别说梯子，台阶都够呛。

女的没有说话。

男的假装环顾一圈，说，你再看看，这湖边也没树，想挂也没地方挂啊。

女的开始脱衣服。

男的有点惊慌，说，你不会是想要跳湖吧？我跟你说，我不会游泳啊，我也不是不会游，是不会踩水，你这样我真没办法，别别别，别脱啊，你怎么回事。

扑通一声，女的跃入水中。

男的赶忙开始脱衣服，只剩了条裤衩，也赶紧跳了进去。

男的没有说谎，他是真的不会踩水，所以他去游泳池从未进入超过他身高的深水区。现在他置身于一片湖里，不由自主地开始往下沉，脚底下什么东西都没有，无处可踩，无处可踏。他有些害怕，呛了几口水。手脚开始乱蹬，身子却浮不起来，就在快要沉下去的时候，他感到自己的手被人拽住，提了起来，脑袋露出水面，是女的拉了他一把。她力气什么时候变这么大了？

女的对男的说，手脚不要乱蹬，要舞蹈，舞蹈起来，舞蹈你懂吗，节奏，注意节奏，感受水，别太用力。

男的试着把手脚松弛下来，向外拨动。

女的说，对，放松。

男的感到自己拨出去的水又涌回来，涌回来的时候，他又拨开。

男的浮住了，说，我学会了，我学会了。

女的说，走。

男的跟在女的后面，向湖心的月亮游去。女的自由式，双脚快速蹬起浪花，泛出白色，男的蛙泳，速度较慢，但胜在稳重，一呼一吸，一开一合，换气时发出呼噜声。过程中，当他们接近月亮时，月亮也在远离他们。所以他们花了很长的时间，才真正靠近月亮。女的示意停下，回过头对男的说，会潜吗？男的有点累，但还是点了点头。女的说，咱们潜下去。紧接着，嗖，女的脑袋不见了，潜入了水里，男的长吸一口气，也跟着潜了下去。

在他们头顶的是一片水中月。没有泳镜，但所幸湖水足够干净，使得他们可以在湖底粗略端详它。模糊中看起来那只是一个发亮的圆形。氧气逐渐耗尽，男的吃不消了，向上游去。他的头从月亮里探出来，大口地呼吸着，手和脚不能停，要不停地摆动。此刻才是真正地活着，只有不停地行动才能让自己不沉下去，头脑里那些时常骚扰他的过去和以后，都没有出现。以前的悲伤和未来的担忧，此刻在很远的地方，无人召唤它们。

永恒的只有存在于我们这种微小躯壳内部的现在。

过了很久，女的才从水下探出头来，mermaid，男的脑子里冒出这个词，不知道从哪里学到的这个词。女的用手捞起一捧水，看不出里头有什么东西，手一甩，让湖水回归到湖里。

男的问，你现在怎么变得这么厉害？

女的说，我一直就很厉害。

男的说，我明白你的意思了。

女的说，明白了就好。

回家的车上，两人的头发湿漉漉的，一直往座椅上滴水，但没有人为此烦恼。

男的说，回去洗个澡，我给你煮面吃。

女的说，不错，路上遇到水果店停一下，我再买点水果吃。

男的说，好主意。

路边看上去还是非常热闹，原来世界也没有睡着，事实上也不可能存在一个地球上所有人都睡着的时刻，总会有人醒着。不太漂亮的招牌从车窗外掠过，后视镜里显示，这辆不太好的车上，只有司机一个人。

第
三
世
界

Game Boy，简称 GB，是日本任天堂公司在一九八九年发布上市的第一款便携式掌上游戏机。我的县城老家地处偏远，直到九十年代中后期，这款伟大的掌机才在我们那儿的学生群体中流行起来。五年级时，我的同班同学林森是学校第三位拥有 GB 的"贵族"。封官加爵的那天是一个普普通通的周一，下课时林森招呼我们过去，一脸神秘，手慢慢地伸进书包，像故弄玄虚的魔术师，缓缓从书包里拿出一台白色 GB。在场所有人都屏住呼吸，交换眼神，羡慕交织着兴奋。毕竟当时这是只存在于传说中的奢侈品，我只远远瞧见同学的同学玩过。如今同班同学、相识的伙伴、亲密的好兄弟拥有了一台，那就相当于自己拥有了一台。这种纯粹的友谊如今很少见了，而那天我们走在学校里都忍不住昂首挺胸。之后每逢课间休息，林森便会手持掌机，当着大家的面玩《口袋妖怪：黄》。逐渐以其为中心聚集了一大票围观群众。最内一圈紧紧围绕林森的就是我们这些核心观众，自家兄弟。圈越往外，关系越远。我认为这是最早出现的游戏直播的雏形。

当时的我算是已对《口袋妖怪：黄》有所了解和体验。一年之前我曾把玩过远房亲戚的 Game Boy。一个下午的时间，我从出生点一路前进到了第一个小镇。那种探索新世界的快乐我至今记得一清二楚。我不要脸地苦苦哀求亲戚把游戏机借我玩上几天，惨遭拒绝，并被他无情地删去了我的存档。直至今日，我再未见过他。但我就是凭借这一丁点的经验，成为林森核心观众中的核心。在游戏的前一小段进程中，提供了相当有帮助的建议。虽然有限，但在林森赶超学校其他两位玩家进度的伟业中，居功至伟，可谓当朝宰相。

林森是我此生见过游戏天赋最高的人。红白机时代，林森也是当时我们那里率先打出红狼不死结局的玩家。迈入掌机时代之后，林森虽然起步较其他两位前辈稍晚一些，但只用两天，便追上了等级和进度，第三天就完成了超越。当时所有玩家玩的全都是日文原版，对于各种指令和剧情，只能靠大致猜测。于是所有人都不知道下一步该去哪里，该干什么，甚至一场战斗都不知道该施放什么技能。而林森似乎总能在一片混沌中，理解游戏设计者的思路，从而把握到常人难以察觉的规律，纯靠直觉和天赋拎出几根清清楚楚的线。比如，哪一片草皮遇到哪种口袋妖怪的概率较大；每个等级在哪一片地图的哪一片区域练级的效率最高；对抗哪个道馆馆主使用哪系的口袋妖怪的哪个技能会效果拔群。他全部摸索出了一套完整的经验。最著名的一次，是游戏中的一个漆黑的洞穴。其他两位前辈都卡在了这里三天三夜，终日愁眉苦脸，在洞里撞得满头大包，不知游戏该如何进行下去。很多年后我们才知道，原来那个洞需要先到一个地方与NPC对话，让手里的妖怪学会特技"闪光"，才能照亮整个洞。而林森当时，竟是在一片漆黑中，一步一个坎儿，凭着记忆试错摸索出具体路线，硬生生穿过了洞穴。在穿梭过程中，我们群体的"书记"专员在一旁持笔记本记录，认真记下每一层的具体操作路线，先左四后上五再右六，犹如棋谱。再利用课上时间组织语言形成明确攻略。这份路线图的各种手抄本、复印件，在坊间广为流传。一时间，林森名声大噪。

午间休息时，我们一行人常常选择不回家吃饭，聚集在学校旁的小商品批发市场内一处露天平台，继续观看林森打游戏。对于我们这些没有游戏机的穷孩子，看过别人打游戏，就相当于自己玩过了。逐渐地，偶尔还会有一些其他学校的陌生同学慕名而来，看林森打游戏。这就是我们当时最为重要的精神生活。最热闹的一次，聚集了约二十人，全都是听闻林森要挑战游戏的最终关底"四大天王"而来的。林森当时为了追求最快速度通关，妖怪的种类不是很全，等级也不是非常高，我们十分忐忑，不知这次挑战能否成功。而林森本人却好像胸有成竹，异常冷静，脸上没有一丝担忧。只见前三位天王斗得林森磕磕绊绊，手下大将死了好几只，最终翻山越岭，来到了"龙王"面前。这时林森手下的兵将只剩了一半。谁也不知道他是怎么做到的，用各种道具和陷阱，与"龙王"决战到了最后一刻，力竭而胜。胜利之后，我们二十几个人没有太大声地欢呼，但内心早就已经跌宕起伏得前仰后翻。我们把脑袋挤到那一小块

2.6 英寸的黑白像素屏幕上，认认真真地观看林森的加冕仪式，林森把游戏机声音开到最大，伴随着简陋的 8bit 音乐，他的角色荣耀登上大师王座。我们一句话都没有说，目不转睛，生怕破坏整个气氛。而林森本人却仿佛置身事外，一脸云淡风轻。过场动画结束之后，主角回到了道馆门口，游戏继续进行，林森这时候才说道，这游戏才刚刚开始呢。我们倒吸一口气，不愧是真正的大师。

那天放学回家的路上，林森和我说，其实他昨天夜里已经挑战了不少次"四大天王"，不过均以失败告终，今天这一套阵容打法也是上课时头脑里刚摸索出来的，把握不是很大。我问几成的把握？他说，八成。我说，这还不大？

不过林森所言非虚，通关之后的二周目，这个游戏才开始真正的阶段，也就是捕捉"神兽"。而此时，率先拥有 GB 游戏机的两位前辈，早已被林森甩到了十万八千里之外。按林森的原话说，那就是"他们只能吃我的屁"。事实也正是如此，两位前辈追随着林森的脚步，才能以缓慢的速度前进。

抓超梦的那天，林森在上第一节课之前就先把这个消息告诉了我，我在第一堂课间告诉了"书记"，"书记"则负责通知其余的人。到第四节课的时候，学校里大部分人已经知道今天中午林森要上演抓超梦的剧情了。关于超梦，我只在漫画书上见过。那是作为一种传说而存在的人形口袋妖怪，所有玩家只听说过，没见过本尊，甚至都在怀疑它是否真的存在于游戏之中。

那天中午，我和林森到露台时，已经聚集了不少人。我作为开路先锋，如摩西一般，抬手在人海中为林森开辟出一条道路。林森手持游戏机，一步一步走上台阶，盘腿坐在了中心位置。只见林森在游戏里，回到游戏刚开始不久的地方，从一条所有人都没有注意到的小路而入，七拐八拐，来到了河边一个洞穴。书记问，就在这里？林森点点头。众人纷纷感叹神奇，同时咒骂游戏设计师的阴险用心，若不是林森发现，恐怕大部分人都会错过这么不起眼的一个小角落。林森在洞穴里绕来绕去，解开谜题，非常非常顺利地来到了超梦的面前。遭遇战斗，音乐响起。那时屏幕的分辨率虽然不高，但我们却看得清晰真切，那只传说中的神兽出现在我们眼前，充满了生动的细节。而这些在今天回头看，只是一堆模糊的像素块而已。超梦等级达到了七十级，看上去骁勇彪悍，眼神中挤满了杀气，十分不好惹。就在我们全都好奇该怎么捕捉时，只见林森从背包里扔出一个精灵球，超梦被吸入球内，摇了几下，咔的一下，这声音我们都知道，已经抓住了。这就抓住了？我察觉到精灵球的颜色有些不同，问林森，这是什么球？林森淡淡地说，大师球。那时的我们根本不知道还有如此逆天的精灵球存在，更别提该在哪里如何得到它。

　　抓完超梦，林森关掉了游戏，对我们说，这游戏没了。接着他把游戏机放进书包，推开人群，往外走去。我问他去哪里，他说，回家吃饭。而我们剩下的人久久没有散去，热烈地讨论刚刚发生的一切，赞叹林森如何如何牛。露天平台之上，仿佛聚集着一种气氛，我们见证了伟大的同时，似乎又有一些落寞。目睹整个游戏过程的我们，仿佛也经历了全部的过程。我们作为见证者而参与，所有的喜悦和新奇，我们都品尝到了。同时我们也意识到游戏结束了，而下一次征程不知在未来何时才会开始。

由于掌上游戏机在中小学生间真正流行起来，因此学生间非恶性的抢劫类案件时有发生。多数都是附近的初中生仗着自己年长几岁，发育较早，抢夺小学生的游戏机。由于林森名气较大，一时间成为各大中学不良分子的主要目标。林森的 GB 就是那时被抢走的，被抢时我就在他的身边。那是我们放学回家必经的巷子，一伙骑自行车的中学生在那里已埋伏许久，就等着林森出现。他们朝着我俩围聚上来，一开始还算和气，只是嘴上说借林森的游戏机玩几天。没想到林森是硬茬，直接予以回绝，口气坚硬。中学生见林森不识好歹，便出手抢夺，我与林森当即撒腿逃命。奈何敌方的坐骑是自行车，用力蹬了几下就追上了我们。林森学着电影桥段里那样指挥我分头逃跑。我听从命令，转身朝另外一个方向奔去。不知道跑了多久，逃跑时我一直在担心兜里的零花钱会被他们抢走，回过神来时才发现并没有人追我。他们的目标只有林森手上的那台游戏机。我试探性地往回走，在巷子的另一边发现了林森。当时他蹲坐在路边，衣服和书包被扯得稀巴烂，脸上也明显挨了几拳。我到他身边坐下，不知道该怎么办，沉默了很久之后他才跟我说，抢就抢，干吗要说是借呢？我说，回去告诉你爸妈吧。他却说，这件事回家没法和爸妈说，因为这台游戏机的钱是从我爸妈那里偷的。林森哭了一会儿站起来回家了，我目送他离开，心里头则一直在暗自庆幸自己的零花钱没有被抢走。

一九九九年，传奇神作《口袋妖怪：金银》发售，且只能在 GBC 上运行。GBC，全称 Game Boy Color，也就是彩色版的 GB，最大发色数 32000，画面更精细，游戏内容更丰富。我完全疯了，那一年脑子里思考的就是如何搞一台 GBC，把《金银》玩上。可游戏机在当时我们的世界里完全属于奢侈品，资金的短缺让我的游戏生涯迟迟无法展开，痛苦不堪。我决定效仿林森的作案手法，也就是偷爸妈的钱，无奈当场被抓住，挨了一顿毒打，购置游戏机计划无疾而终。林森被抢了 GB 之后，又看到有人玩上了最新版的《口袋妖怪》，心里头也十分焦急。他说，那些玩上新游戏的人，除了家里有几个臭钱，没有一丁点游戏天赋，根本不懂游戏，这是在玷污游戏。看着这群庸人吸引了一大批观众，其中甚至包括"书记"，这让林森相当气愤。我俩对此嗤之以鼻，消遣变成了经常去游戏机店闲逛，咨询游戏机的最新价格和最新上市的游戏卡带。在这个过程中，我们发现店铺的柜台后常常堆放着一大堆的整套游戏机包装盒。某天我们两人商量了几句，突然心生一计，决定铤而走险：从店里偷两台游戏机。整个计划由林森制定，他负责就游戏机维修的价格问题询问店主，分散其注意力，而我则负责趁机溜到店主后方的视野盲区，取走游戏机。计划简洁而完美。加之我有在超市偷鞭炮未被发现的成功经验，所以对我负责的那部分工作十分有信心，完全忘记了偷钱失败挨打的事情。我们的眼里只剩下了 GBC。

行动那天，我特意穿了宽松肥大的衣服，便于藏匿游戏机。放学后我们到达游戏机店，林森十分自然地与店主交谈起来，聊天内容从游戏机维修自然过渡到了游戏理解上，我们两个熟面孔，并没有引起店主特别的怀疑。店主甚至开始分享起自己的游戏史，回忆起自己往昔的荣光。林森也顺势讲起了自己是如何打出红狼不死的结局，店主听得津津有味。而我则很自然地在店内闲逛起来，先看了一圈卡带，又看了看游戏周边，迂回地，一点一点朝着目标接近。终于来到那一大堆游戏机时，我十分紧张，瞥了林森一眼，林森看都没看我，继续与店主交谈，沉着冷静，自然得过了分，这让我放下心来。我拿起一盒游戏机，掂了掂，放下，又拿起一盒，掂掂。我心里头空了，转身径直就往店外走。林森见我神色不对，匆匆结束话题，离开店铺追上了我。林森问我，怎么了？我说，空的。林森问，什么空的？我说，那个盒子里，是空的，全是空的！林森吐了一口唾沫，说，他妈的！我们不得不感叹，姜还是老的辣，想必店主早就在这上面吃过亏，在后面摆的全都是仅供展示的空盒。

计划失败让我们意志消沉了好几天，眼巴巴地看别人玩着那么好的游戏，心里头既妒又恨。林森也逐渐变得沉默寡言，渐渐与我没有话说，常常独自一人上下学。整个学期我过得没滋没味，一点意思也没有，学习上也放松了劲头，成绩一落千丈。林森则似乎把打游戏的聪明劲全都用在了学习上，原本成绩就不差的他名次提升明显。下半学期开学那天，他神秘地找到我，说自己搞到了一台 GBC。我问他是怎么搞到的，他说是期末考试名次足够靠前，父母作为奖励给他买了一台。林森玩上了《金银》，不负众望，没有几天就在游戏进度和妖怪数量上一下子又冲到了前列。想必他在玩游戏之前已经在心里头演练了无数次，早就找到了效率最高的路线，该怎么追赶，一清二楚。而我心里头的压力一下子又大了起来，不再甘心只是看别人玩游戏，被亲戚羞辱的那个下午在我脑里反复上演。我整个人又急又恼，性情大变，郁郁寡欢，逐渐对人世间丧失了兴趣，走在路上如同一具空壳。终于在生日那天，我彻底崩溃，对父母下跪痛哭，说自己这辈子最大的梦想就是拥有一台GBC游戏机。我爸妈看着我，又看看桌上的蛋糕，于心不忍，终于松口答应送我一台当作生日礼物，不过条件是下次考试达到班级前十名。那个月我拼尽了全力，透支大量脑细胞，不负众望考到了并列第十。

拿到游戏机的当天，我就与林森分享了这个好消息，我们一下子恢复了之前的关系，瞬间回到蜜月期。我们又开始一起上下学，在路上时常交流游戏经验，互通有无。经过那次抢劫的教训之后，我们便学聪明了，不再把游戏机带到学校来当众操作。只在家中加倍努力奋斗，不断追赶进度，以及研讨抓神兽的方案。在学校看到其他人卡关的时候，幽幽地在背后指点一二，云里雾里讲几句，讲不明白，便上手帮他操作。一来二去，我与林森世外高人的形象愈发稳固，随着升入六年级，辈分和名望也随之提高。

《口袋妖怪：金银》较之前作"红黄蓝绿"，游戏内容大大丰富，除了增加新设计的各种口袋妖怪之外，还额外附加了"第二世界"的内容。也就是在玩家通关第一个世界之后，可乘坐火车来到第二个世界。而第二个世界，正是前作中主角冒险的世界。不过这个旧世界增加了更多新内容，仿佛是和老情人重回蜜月期，旧爱复燃，既熟识又那么新鲜。更让人没有想到的是，第二世界的关底，是前作中的自己。这种挑战自己的感觉太让我们着迷了。不过由于我和林森起步较晚，留给我们未被探索的空间已经很少。一大票玩家已经通过摸索，找到了各种方法。并且当时游戏出现了中文盗版，这让一切难度都下降了不少。恰逢此时，学校之间流传着关于这款游戏的一则传闻：游戏中还存在第三个世界。不过抵达第三世界的方法众说纷纭，存在好几个版本，有说需要玩家收集全所有的口袋妖怪，也有说不仅要收集齐所有的妖怪，并且要满级，并且无伤挑战关底，才有希望达成。这几乎是不可能的，因为游戏卡带分为"金"与"银"两个版本，除了其中的神兽互不相通，还有一些妖怪只存在于各自的版本中。要收集全根本是不可能的。可那些传闻却有板有眼，甚至一些说法特地要提及是从日本传过来的，我们不少人都相信，只要收集全，主角就可以坐上火箭，前往外太空，展开新的冒险。

我和林森当时不知道怎么就信了。仿佛我们不承认我们面对的那个结局就已经是真正的结束似的。我俩开始尽全力地收集全部的口袋妖怪。他是金，我是银。我们负责各自版本独占的神奇宝贝，之后通信传送给对方。我们不知疲倦地踩图、抓捕、通信、进化、交换。图鉴里的妖怪数量越来越全，我们一步一步朝着目标迈进。可到了最后，我们遇到了无法解决的难题，那就是版本神兽。每个版本独占神兽的数量全游戏只有一只，哪怕我们收集全了其他的妖怪，这只神兽我们没有任何办法搞定。事情陷入了僵局，直到有天，他约我到他家里去，说是让我见证他去往第三世界。中午，我来到他家，那是一座又破又旧的老房子，进门五分钟我就打死了三只蟑螂。他兴奋地拿出游戏机，接着又掏出一个奇形怪状的卡带插槽外接器，将游戏卡带插到外接器的卡槽，再将外接器与游戏机相连。我问，这是什么？林森说，金手指。金手指是当时一款专门用于修改任天堂游戏卡带数据的修改器，只要有它，上天入地，变化神通，在游戏里就没有办不到的事情。我对此没有评论，但心里头隐隐约约觉得林森的形象发生了改变。他好像在那个瞬间不再是原来那个聪明绝顶的游戏天才了。一个光环淡去。林森按照手册，输入各种代码。一踏入草丛，就遇到了银版里的神兽。甩出一个大师球，将其捉住。我看了一眼他背包里大师球的数量，九十九个。忙活了一阵，他终于收集全了全部的口袋妖怪，并且全部升到了满级。林森按照传闻中的那样，回到出生点，和大木博士对话，什么都没有发生。林森不相信，又重新来了一遍，依旧什么都没有发生。好几次之后，我说，就是骗人的吧。林森没有理我，继续埋头尝试，我看了看表，提前离开了他家。第二天他全天没有和我说话，面色有些凝重，心事重重，仿佛还在思考该如何前往第三世界。

令我没有想到的是，一个星期之后，林森开始和其他人说自己成功到达了第三世界。传闻里的一切都没错，主角坐上了火箭，前往外太空，最后着陆在月球，那里的口袋妖怪凶狠无比，一不小心就会丢掉性命，并且整个月球上没有医院，所以没有办法为口袋妖怪疗伤。讲到最后，他才说出最大的秘密，那就是月球上最后的关底就是主角自己。不过是更强更厉害版本的自己。而林森没有打赢自己。更残酷的是，一旦失败，就会被系统删除存档。林森全程绘声绘色，细节丰富，说得头头是道。听的人全都入了迷。讲到最后自己收集全口袋妖怪的存档被删除，听众无不露出惋惜的神情，只有林森依旧保持着一脸淡然，说，还好，不可惜，起码见识过了。众人无不佩服。只有我不相信，因为我见证了他的失败，我明确知道他在说谎，根本就不存在什么第三世界，那是连金手指都没有办法做到的事情。我私底下偷偷问他，那天你不是失败了吗？林森却面不改色，说，你那天走了之后我又继续试了试，成功了。而对于他是如何找到真正成功的方法细节，却没有对我提及丝毫。

　　我生出一种情绪，相当不满，认为林森是在骗人。林森则不停地说，添油加醋地说，变着花样地说。从我们学校传到邻近学校，再从邻近学校传到其他学校，一时间林森的名字无人不知无人不晓，作为验证了第三世界存在的人，正式封神。我出于厌恶，又或者是单纯的嫉妒，渐渐无法忍受林森的所作所为。我攒了一些零花钱，狠心购置了金手指，同时放出消息，将在露天平台现场验证第三世界的传闻。那天中午露天平台围了一些人，不太多。林森也到场了，用一种冷漠的眼神看向我。我开始操作，整个过程除了比较繁琐，并不需要花费什么智力。我收集全种类，对话，没有事情发生。将屏幕向林森亮了一下，说，失败了。林森说，还要收集全部的神石。我不服气，继续用金手指调出所有种类的神石，装入背包。还是什么都没有发生。我对林森说，又失败了。林森说，还要全部的精灵球。我咬着腮帮子，继续调出所有的精灵球。依旧什么都没发生。总之，我按着林森所要求的，一步一步全做了，依旧什么都没有发生。我当众拆穿了他的谎言，忍不住有些得意，仿佛我是站在真理的那一方。一切都不存在，都是假的。林森在扯谎，说鬼话，吹牛皮。没想到林森却镇定自若，手插在兜里，走到我的面前，看了看我的屏幕，问，你是中文版？我点点头，说，对啊。林森说，只有日文原版有，中文都是盗版的，盗版的卡带内存不够，就把这部分内容删掉了。说完，林森就走了。留我和其他人在原地，好像一群傻子。

我生了好几天闷气。但再也无心力去买一盘新的日文卡带，再通关一遍，再收集一遍，再用金手指一条一条地输入代码。我真的累了。我对自己说，你没办法叫醒一个装睡的人，这样的朋友不要也罢。聊以自慰。从那天之后，林森就没有再和我说过一句话了。但也不再对别人宣讲自己成功抵达第三世界的事情。我们又有了新的游戏，新的游戏机，新的朋友。临小学毕业前两个月，林森被学校开除了，原因是抢劫附近学校低年级学生的游戏机。那学生也是瞒着家长买的游戏机，犹豫了好几个月，最后实在按捺不住悲伤，才决定对家长吐露实情。林森名声在外，并不难找，一来二去校方就抓到了他。但因林森年纪较小，双方协商解决，没有通报警方。校方却凶狠无比，一纸通告将林森开除了事。从此他就从我的世界里消失了。再之后我随家人去了外地生活，与老家的同学鲜有联系。举办过两次同学会，联系到了我，我都以不便为由推脱，没有参加。

再相见时已是二〇一六年。"书记"在微信上和我说，林森死了。那阵子我恰好在老家办事，便去参加他的葬礼。林森被装在棺材里，盖着盖子，我没有看到他最后的样子。他被运送带运进火化炉，再出来时，已经成了一堆灰烬。他的父母泣不成声，哭得瘫软在地。我和几个同学不忍再看，逃到殡仪馆外，好死不死天下起了雨，我们躲在屋檐下抽烟。"书记"对我说起了林森这几年的事情。

林森被开除后，父母向校方苦苦哀求，校方才同意发林森一个毕业证。毕竟只是一个孩子，谁也不忍就这样毁掉一个人的一辈子。林森父母各种疏通关系，找好了中学。等九月份林森直接入学上了初中。在这期间掌机逐渐被淘汰，学生们开始一窝蜂涌入黑网吧，更好的游戏，更好的画面，更好的体验。林森在这时接触到更多的游戏，第一个世界向他告别。"书记"说，还在网吧遇见他好几次，两个人经常一起打游戏。高中毕业之后，林森不打算继续再念书。当时他 dota 玩得不错，各平台排位分数很高，找同学组了一支战队，在当地各大网吧赛事拿了一些名次和奖金。虽然不多，但这些荣誉让他确信自己的天赋足够去打职业。那时电子竞技职业化尚未成熟，加上"电子海洛因"的大范围报道，名气很大的职业选手都普遍吃不饱穿不暖。加之林森家里条件不好，因此父母相当反对。林森不顾父母的劝说，直接辍学，加入了一家新成立的战队。无奈成绩并不理想，组建不到一年俱乐部便宣告解散。之后林森求职战队处处碰壁，待过一些小俱乐部，但时间都不久，并且都是替补。混了几年，林森感觉好像触摸到了自己的天花板，有些苦恼。生活上的捉襟见肘也让他十分难堪，就在这时他通过朋友接触到了股票。了解之后，他认为股票就跟游戏一样，只要找到数字间的规律，多花心思与散户庄家博弈，就可以有相当大的胜算。而这些对他来说，一点也不难。一开始林森运气不错，加上确实有些门道，挣到了一些钱。父母对他刮目相看。林森也愈发确信自己在这方面的天赋。积累了一段时间，他认为自己已实现财务自由，准备迈入下一个阶级。他盯了几天股指，计算好时机，找高利贷贷了几十万，又配资加了十倍杠杆，梭哈入场。没想到，那次知名的灭顶股灾降临在他的头上，他投资的股票连续好几日跌停，血本无归。被强行平仓的当天，林森就走到交通大厦，坐电梯到了顶楼，撬开消防锁，从楼顶跳下，当场摔得血肉模糊。听说脑浆还溅到了不少路人。

说完，"书记"向我展示了手机里林森的照片，我觉得很陌生，在我的脑海里，他就像是一堆模糊的像素块。那天大家感觉都很糟糕，没有多聊，早早就散了。回家之后直到今天，我还时常会想起小时候林森向众人描述第三世界的话语：

"火箭飞了很久，落在了月球上。地上坑坑洼洼，什么都没有，画面黑白。我遇到全是满级的骷髅。抓不着，打不死，只能逃跑。我在一片荒芜里跑了很久，只有隆起的岩石，和凹陷的陨坑。我不停遭遇，不停逃跑。忘了走了有多久，在尽头终于遇见了反派，那个人站在那里，和我长得一模一样。开始战斗之后，我才发现他派出的手下也和我的一样，不过全都是骷髅架子。我明白了，那是死掉之后的我。我没有赢，我输了。之后黑屏，再开机，我的存档就不见了，凭空蒸发。我知道，我什么都没有了。"

我

镜

妻子去世之后，我变成了一面镜子。别误会，不是那种表面光滑、具有反射光线能力的物品。说是镜子，更多是一种感受。一种纯粹而复杂的感受。在开始讲述之前，需要强调的是，我所说的一言一字，全部真实。

事情要从两个星期前说起，那时妻子刚去世不久，家里只剩下我和我们的两只猫。每天都漫长得让人咬牙切齿，思念成为我主要的日常活动。而睡眠，成为每一天中最困难的事情。

每天晚上，我需要服用处方安眠药才能入睡。我有三种安眠药，分别为思诺思、阿普唑仑以及佐匹克隆。拆掉包装盒摆在床头，随手抓一片就吃，今天吃下哪种，纯凭运气。感觉没有效果就再加一片。

一个清晨我从沉重中醒来，不太清晰的梦留下一些只言片语和叹息。不知是否因为三种安眠药的混合作用，我感到本来就不小的脑袋又大了一圈，沉了不止一倍。站起来时重心不稳，差点以头抢地，摔个狗吃屎。晃了晃，仿佛有一堆铜质鹅卵石散落在脑壳之内，身体稍有动作，它们便随之晃个不停，搅动出恼人的噪声，像是一群正在伸冤的孤魂。

艰难移步到卫生间洗漱，在照镜子时，奇怪的事情发生了。我无法把视线聚焦在镜中的自己身上，努力集中，一旦聚焦，旋即模糊，我在镜子里散开了，雾茫茫的一片，只有轮廓。可以看见镜子中其他映出的事物，都没问题。杯子是杯子，吹风机是吹风机，爽肤水是爽肤水。我从小视力极好，远可望五里地，高可觅天上鹰，从未遇过类似现在的情况。我有些怀疑自己是突发性近视加重度散光，可戴上妻子的遗物——一副度数颇高的眼镜——之后情况依旧存在，甚至所有一切全都模糊了。我只好摘掉眼镜。

洗漱完毕之后，我劝自己，这个情况虽然闹心，但应该总体不影响生活。我的意思是，如果只是单纯看不清楚自己，那不看自己不就好了。大道至简，就是这么简单。人嘛，还是要有些化解问题的办法。

起初症状不太明显时，我尚能做出自己的反应，一种源自本能的反应。

刚"病发"的那几天，我妈来我家探望我。当她提出来看我时，我明白这是出于对我的一种关心，担忧我陷入深切的悲痛之中无法自拔，进而影响到真正的生活（说实话我至今也不明白"真正的生活"是什么）。但同时，我却生出一种更加卑鄙的判断，那便是她的焦虑根源上来自我未知的状态，所以她需要确定我的状态，以化解自己的焦虑。就像你需要打开箱子，才能知道猫死了没有。这可能是"关心"这种情绪更本质的意思。

我妈进家门之后，摸了摸围上来的猫，找了地方坐下。把妻子的病历，厚厚一沓，放到桌子上。是我落在医院的。接着她深切地望了我几眼，说道："你要走出来。"不知怎么的，这五个字背后的意思，一下子冲进了我的脑海，她的想法和意图透过语言映在我的镜子上，清晰明了，断无二话。那就是，她担心我，甚至不止担心现在，还担心未来我走不出来（说实话我至今也不知道走出来是要走去哪里），害怕面对同样的生离死别进而无法再投入下一段感情中，没有办法结婚，没有办法传宗接代，她也无法享受到其他家庭那样的天伦之乐。我还来不及做出反应，她的第二句话又来了："妈也老了。"而这次对于这句话我没有了之前思索的过程，飞来一句话直接映在我脑子里："搬回来住。"果不其然，紧接着我妈说了第三句话："要不要搬回来住？"

如前文所述，此时我尚能做出基于本能的判断，而我的反应也很简单直接，只有三个字："我不要。"只是我已疲态尽显，鹅卵石开始干扰我的思考，我实在思索不出什么具有力量的论据来说服我妈，告诉她什么状态对于我才是好的，因为我也不知道。坐了一阵，填充我们之间的只有隔壁的装修声，妈见我仅以沉默回应她，油盐不进，起来帮我收拾了一下垃圾，规整了一下物品的位置。临走前留下一句："将来你会懂的。"她要让我愧疚，让我后悔，让未来的我责备痛骂现在的我，以换取我现在的考量，让我真的考虑考虑回家住。

她离开之后，"病情"便立即开始恶化，太多复杂的感受，说不清的与道不明的鹅卵石们，在脑袋里沸腾起来，我捉摸不清哪一粒才是最珍贵的。焦虑伴随着失衡熬煮在一口大锅里。我搅拌，舀起来看看，又倒回去，继续搅。直到力气用光，对眼前的一切失去了控制，火越来越大，沸腾怪物，黄叶、乌鸦乱飞。突然，鹅卵石们消失了，一切都消失了，另一种奇怪的感受从脚底弥漫开，流光水银，将我包裹。我彻底成了一面镜子。

那天之后，我再与人交流时，对方埋藏在言语下面最真实的意图，便会直接倒映在我身上，简单粗暴。而我自己，连最本能的反应也丧失掉了。我依照他人意图的指令行事。我的诉求、渴望、目的，不打一声招呼地全消失了，没留下一丝痕迹，什么行李都没留下。我只反映人们想要看到的。那些人们自身可能都不知道的欲求，常常就藏在他们话语之下，而我悉数知晓。

由于我的遭遇——与我相恋数年的爱人在最好的年纪死去了——看上去足够可怜，人们受人性中善良的那一部分驱动，纷纷前来探望我，其中不乏多年未见的朋友。有人想要同情我，我便供他同情；有人想让我高兴，我便高兴；有人替我思考，给出解决方案，我服从他们的指令，按照要求生活；有人想看我思念，我便思念，提供伟大爱情的一种幻觉；甚至有人觉得痛快，责备我的不应该，我便发自内心地忏悔。没有什么我做不到的，只要这是他们内心最原始真实的欲求。于是，我成了他人。

我变得依靠他人的反应生存，我必须这样做，别无他法。因为当我独处时，我不悲伤，也不愤怒，既不惋惜，也不孤独，但却感觉很糟糕。思绪和回忆仍然存在，只是它们正在向很远的地方缓慢飘去，我逐渐感受不到它们了。我坐在沙发上，感觉世界正在加速向下坠落，虚无凭借无穷的质量拽我过去，我抓不到一根救命稻草。无边无际的黑色里，我像一艘破旧的飞船，丧失了一切动力，任凭星体拉拽，墙倒崖崩，漫无边际。

还是要有些化解问题的办法。我的解决之道是试图用更多的社交填满空洞。我疯狂地和人交流，但不曾说出一言。人们想要诉说，我便听他们诉说。我由此听到更多悲惨的故事，种种经历，肝肠寸断，类似"我也经历过这些，这一切我都懂，那年我父亲也是突然被查出来癌症，已是晚期，没有治疗手段……"或者"其实死了也好，你不觉得吗？起码她是快乐的，有你陪伴，不像我，被原生家庭苦苦折磨，我怀疑我爸是人格障碍，从小打我打到现在，说实话现在我都不知道该怎么办……"我全部都听着，也难受，甚至抹了眼泪，我完完全全明白人的好心和痛苦。

或者人们好奇，期待我讲一些什么。仿佛我经历了这些，就要得出一些感悟和经验，要对生命、死亡有一些总结性的宏观看法。一击即中，点破红尘，参透人生，喊醒更多沉睡的人。即便要求如此之高，我却也能信口胡诌，传达一些我根本无法深信的道理。并且常常理论成熟，体系自洽，头头是道，愿景美好。对方一旦沉思，我便超越了。我超越了我自己。我在话语里超越了我所承受的一切。人们赞叹，赞叹我的坚强甚至伟大，可只有我自己知道我脆弱得像纸糊的城堡，一脚便可踢成废墟。

我也为喜欢逃避的人们提供反射。我们坐在一起绕开这些，谈别的，谈些无关紧要的，谈些不痛不痒的。我都可以。从股市到互联网，从政策到贸易战，从电影艺术到哲学诗歌，我知无不言言无不尽，把自己掏得一干二净。偶尔还开开玩笑，缓解沉重的气氛，他们见我这样，便觉得我好了，我没事，现实很糟糕但全都在我的掌控之下，他们放心了。

再或者，有人试图向我传递更大的力量，一个人说："一切有为法，如梦幻泡影。"我点头重复："一切有为法，如梦幻泡影。"另一个人说："主爱你，主会拯救你的。"我也点头重复："主爱我，主会拯救我的。"又或，有人真诚地不知该对我说什么话，该做什么安慰，我便安慰他们：没关系，我理解你。

可是这些结束之后，在我心里什么都没有留下。我回到住处，等待我的只有一片深渊。

我搬了回去，和父母一起住。仅仅只是因为我妈想让我搬回去住。每天我住在早已不熟悉的房间，在我妈的注视下，按时起床，洗漱，规律吃饭，偶尔锻炼。陪我爸下棋，观看新闻联播，追国产电视剧，睡前泡脚。我表现一切我需要表现的。她见我"真正"地生活，以为我好了，对我露出微笑，而我也对她露出微笑，因为我知道她想看到我的微笑。

我见更多的人，见以前绝对不会见的怪人。他们说，我便听着，需要我说时，我便说话，说什么话都可以。所有人都很高兴，或者一些情绪得到了缓解和释放。我趁机用他人的生活填满自己的洞。我询问他们，了解他们，挖掘他们生活所有可令我感到充实之物。我有了十几份工作，数位爱人，几个孩子。手握一些股票和基金，几份商业保险。我健身，冥想，偶尔登山，会跑去城市的另一边看一个画展。我有计划，热爱生活，钟爱艺术，审美极好，关于商业又有清晰明确的认识，对未来怀有希望。我期待好事发生，起码事情不要变坏。我把灵魂寄存在别人那里，以供保管，别人对此毫无察觉。

有一些片刻我认为自己会永远这样下去，所有的一切都在我身旁流动，除了我自己。

直到我见到了徐凡众。十多年前上学时，他是个不爱说话的怪胎，我们缺乏交流，不曾有过深厚的友情。我记住的，只是他有一双看久了会让人发毛的眼睛。毕业后我们分道扬镳，也不知道他现状如何，只是道听途说他如今在国外搞一些学术研究，至于研究的具体领域方向，无人知晓，这正是我好奇之处。十多年没有联系，不知他从哪里寻到了我的联系方式，约我见上一面。我当然说好。

我们约在一家安静的饭馆，坐下之后，徐凡众不发一言。他看上去老了很多，头发白了一半，可眼神却像当年一样光亮。上菜了，我们仍然没有说话，嘈杂的饭馆里我们俩的沉默显得格外突兀。徐凡众就用他那双仿佛能看透一切的眼睛注视着我。

我躲闪。试图打破这个沉默，问："所以你……"

徐凡众打断了我，反问："你叫什么？"

简单的一个问题，倒映在我镜面上的，却是一团迷雾。我不清楚他的意图，言语下仿佛包含了无数种意图，却又好像没有任何意图。我没反应过来，一时竟想不起来自己的名字，要命，我乱了阵脚，我绕开这个问题，说："我最近看了一个电影，特别喜欢……"

徐凡众依旧盯着我，问："你喜欢的能代表你吗？"

他就是不肯放过我。

我又一次绕开："最近发生那个事你知道吧？太可笑了，我认为……"

徐凡众再打断："你的观点就能代表你吗？"

我绕开："还记得咱们上学的时候吧？太逗了。"

徐凡众："你的过去就能代表你吗？"

我绕开："我讨厌这样。"

徐凡众："你讨厌的就能代表你吗？"

我放弃抵抗："我不知道。"

徐凡众："你相信什么？"

我挺起胸膛："我相信真理。"

徐凡众："真理就是你吗？"

我又泄气了："我什么都不相信。"

徐凡众："怀疑就是你吗？"

我："我害怕。"

徐凡众："恐惧就是你吗？"

我："我什么都不是好了吧。"

徐凡众没有再继续逼问，收起他的目光，夹了一口菜吃，说："你病了。"

熟悉的感觉又回来了，我的慌乱退下场去。

我连忙点头，说："我是病了。"

徐凡众："我有办法治好你。"

我点头："你肯定有办法。"

徐凡众："你想被治好吗？"

这一次他的意图清晰而明确地映在了我的镜子上，他想治好我，他真心实意地想让我好起来，不同于其他任何人的那种真心实意。

于是我继续点头，说："我想被你治好。"

三天之后，徐凡众给了我一个地址，是一个废弃的工厂。虽不知他意欲何为，但我还是过去了。到达工厂，徐凡众就站在那里，对我说："去那里面。"他指的是工厂中央的一个黑色房间，看样子是他这几天搭建的。我顺从他的指示，走过去，徐凡众说："记住，不要害怕。"我点头，推开房间的门，走了进去。

房间里全是镜子。实际上是六面巨大的正方形镜子，组成了这个房间。我面对的是一面镜子，身后是一面镜子，左右是镜子，抬头一面镜子，脚下，依旧是一面镜子。有光，白色的，从镜子边缘漫出来。使我看见事物。我望向镜子，视线依旧模糊，我感到恐惧。我听到徐凡众在房间外喊："记住，不要害怕。"好，我不害怕。我听到"啪嗒"一声，房间被人从外面锁上了，传来机器运转的声音，房间居然是活的。各个方向的镜子开始向我靠拢，挤压，我想躲，但无处可逃。可悲的小白鼠无所遁形，暴露于阳光之下。镜子里的我逐渐变大，清晰，在惨淡的光下呈现惨淡的模样。我看清楚了我的眼睛、鼻子、嘴巴、耳朵和我多日没有修剪的头发，它们杂乱无章，糟透了。胡乱穿的衣服，邋遢可笑，脚上的白鞋脏得彻底，怎么能忍受这么久不洗？我看清楚了我的皮肤，我的疤痕，我的暗沉，我的色斑，我的躯干，我的双手，我的双腿，乃至我的一切。

镜子互相照映，无尽的倒影里穿透出一条深邃的长廊，黑暗且不知尽头。我的心脏剧烈地跳动起来。我鼓足勇气，走了进去。这时又是"啪嗒"一声，灯熄灭了。我记得，我不要害怕。一切都消失了，另外的一切又呈现出来。我感到自己正在前进，尽头的光明向我奔来，我看见了。我看见一个婴儿被扔向天空，掉下来时变成了熟透的苹果，被狐猴捡起来咬了一口。我看见我奔跑在学校的长廊里，黄昏时地面透出金黄，我不知疲倦地跑，仿佛有使不完的力气。我看见我摔倒在坚硬的网上，透明烟火，碾碎我的眼睛。我看见两列火车撞在一起，燃烧成灰烬，风一吹，灰尘遮蔽川野。枯萎的黑桦摆动，烟囱冒出的迷雾，猎人朝着老虎跪下。云卷云舒，忽明忽暗，红胡子们围剿革命分子，僵持不下。我把灯照向它们，可它们并不需要。我看见日月星辰原本的模样，那是我们的模样。两只猫永远在坠落，倒转。我还看见两个哭泣的月亮坐在车里，阅读厚厚一沓难过的字，与此同时一片树叶开始掉落。我戴上眼镜，眼镜后是一个灿烂的世界，大地闪烁金色的光辉，激流冲击礁石，浪花里若隐若现一位溺水的舞蹈演员，献上谢幕表演。我在黑夜里不敢睡去，哭泣着等待永恒和一天。她向我伸出手，手上戴着世界上最便宜的戒指，但映出最白的光。我最后看到，她正在我的怀里死去，瞳孔里的光慢慢消失，我抚摸她的手脚，它们逐渐冰凉。我听到了。我听到，我安慰她，一切都会好的，都会好的，不要害怕。我听到她最后对我说的一句话。她用尽力气摸了摸我的头，说，没事。我听到了一切声音，其中包含风雨雷电和一首熟悉的歌谣。南风最是旧相识，它捧杯为号，溅起的碎片击穿一面破鼓。声音里还包含咳嗽、钟、秒针，雪花悄悄拍打肩膀，皮肤与皮肤摩擦。一呼一吸，那么清楚，生命。我闻见了。我闻到一个夏天雨后，盐飘荡在沥青马路上，我们同时踏进一片水坑。楼道里各家准备晚饭的香味，那是二〇〇八年，一切看上去都还有希望。我尝到了。那一口苹果，是甜的。眼前的这杯酒，苦得要命。金属的味道比灵魂还坚硬，比一九七九年消灭的最后一团天花还毒。我抱着的她，变得无比沉重，我嘴里如同含了一团滚烫的铁，疼。这些让我重新感受到了，它们回来了，现在和过去的两副面孔，那些注定消散的快乐和温暖的悲伤。我就在这条无尽长廊里，感到自己无限地大，白色圆形，可以踏碎所有一切。我又感到自己是无限地小，斑点蜉蝣，身膏鱼腹，任人宰割地飘荡。你可以说我混乱，也可以说我有序。奇怪的是，随之而来的是一种久违的自由，自如自在，上天下地，我可以让雨停，让雪落下，让梦静止。令她复活，笑着，永远永远地拥抱我。令时间倒退，永恒重复跃起的时刻，只要我想，我们就可以无尽地欢呼。我是一类圣贤也是十类孤魂，我是万物也是我自己，我是宇宙也什么都不是，我是无也是有，我不存在，也存在于每一个角落。

　　不知道过了多久，灯又重新亮起，我推推门，是开着的。

走出去环顾一圈，徐凡众已经不见了。直到现在，我也没有再见过他。

　　记得那天的最后，我从工厂出来，路灯昏黄，我闻到空气里的味道，知晓春天就要来临。我脚踏在厚实的大地上，我身上的空洞带着虚无一起流走了。虽然不知道它们何时会再来，甚至我确定它们还会再来捣乱，但我会记得，我不害怕。云收雨散，我心里取而代之的是坚定的孤独，我感到踏实，有分量，有力气挥拳。同时我决定，搬出来一个人住。

风
雪

今年二月十三号，整个蒙大拿飘起了二十年来最大的一场雪。天空中像是有人抓着一袋见不到底的面粉向下倾倒，望去是茫茫的一片白色，除此之外什么也瞧不见。我窝在白鲑市郊区租来的房子里，写了一整天的小说。那时我刚到美国不久，正在尝试用英语进行写作，但由于语言天赋不足，创作磕磕绊绊，一整天的苦思冥想只换来大约一百多个字。

　　转眼天就黑了，我瞅了眼表，已将近八点，苏静川还没回来。鉴于恶劣的天气状况，我稍微有些担忧，尝试拨了两通电话，均无法接通。苏静川去年十月份起在落基山大学教授印第安史和宗教史，我虽然不知为何堂堂一所美国高等学府会让一个年轻的中国人去教美国学生印第安历史，但好处是我不会深究那么多，尚且她有工资可拿，我们付得起这间房子的房租（她付得起），我们得以在美国生活下去。

　　来美国之前，我和苏静川对于未来当然是抱有美好幻想的。我的写作生涯会开启新篇章，而她也会在这里扎稳脚跟，我们将会拥有幸福自由的生活。我倒不至于开始怀疑当初的决定，但很显然我们目前遇到了瓶颈（主要是我），我们的人生遇到了一场大雪。独自在家的我开始有些焦虑，于是给自己倒了一杯占边威士忌，坐在沙发上，安安静静等苏静川回家。将近九点，我才听到门口传来汽车的引擎声，我赶紧打开门，风瞬间灌入，我的睡衣紧紧贴在了我的身上，雪扑打着我的脸。车灯从风雪里逐渐靠近，是我认识的那辆二手丰田卡罗拉，银灰色。苏静川从车上下来，风尘仆仆的，手上捧着一个大盒子，我招呼她赶紧进屋。进屋后，我把门锁了又锁，仿佛外面游荡着什么吃人的怪物。苏静川把盒子放到茶几上，解开缠绕在脖子上的围巾，看见我锁门的样子，她笑了，说，至于吗，一场雪而已。只在室外逗留了一小阵，我就冻得够呛，耳朵和鼻子通红。而刚从外面回来的苏静川，裹得严严实实，围巾、帽子、手套，装备齐全，看起来比我这个窝家一天的沙发土豆要暖和许多。我说，我怕风太大给门吹掉了，这破门看起来不太结实。苏静川脱了外套，摘掉手套。看到茶几上的酒杯，一边挂衣服一边问我，怎么，写得还是不太顺？我不太想谈这个，转移开话题，问，怎么这么晚才回来？苏静川指了指桌上的盒子，说，为了这个，而且雪太大了，开车的时候真是啥也看不见，你真是一点也不关心我。我说，没看见都开门迎接了吗，我都怕开进来的是警车，报告我一些不好的消息。苏静川说，比如？我说，比如很遗憾地通知我，您的夫人在路上遭遇车祸，不幸身亡了之类的。苏静川笑了，说，呸呸呸，你可真会胡思乱想。我说，那你是不知道，给你打电话都打不通，这破美利坚，信号可真差。苏静川拿出手机看了看，说，还真是。接着她又看着我，笑着说，那酒也是因为担心我才喝的？我说，那当然。苏静川说，你总有高尚的借口。我说，不要诛心。苏静川说，你就不想看看盒子里是什么吗？怎么一点好奇心都没有？接受过义务教育的我到底还是认识一些英文的，盒子上的几个单词已经告诉我里头装着的是一个蛋糕，没什么新鲜的，只是我这时才想起了今天是我的生日。我实在有点不愿意想起今天是我的生日，所以并没有对蛋糕表现出多大的兴奋。不过我还是走过去，打开了盒子，做作地说，哇哦，是一个蛋糕。苏静川杵了我腰眼一下，说，你怎么这样，我可是冒着生命危险去取的蛋糕。我们像是昨天没有吵过架似的，我环住她的腰，说，你知道的，我不喜欢过生日。苏静川说，我当然知道，不过你记得吗，有一年我忘了你的生日，你可生气了。我说，我不喜欢过生日，不代表喜欢别人忘了我的生日。苏静川说，对嘛，这个蛋糕就是弥补你的。接着她凑到我的耳边说，我可是偷偷加了料的。我心领神会，对着她坏笑地点点头，脸上对她摆出"真有你的"的表情。现在的我最需要来放松一下。我顺势说，正好，家里没有吃的了，有点饿。说完我坐在沙发上，开始切蛋糕，狼吞虎咽吃了起来。吃下第一口，那熟悉的味道扑进嘴巴，我感觉我好了一大半。苏静川说，不点蜡烛，不唱歌，不许愿了？我摇摇头表示拒绝。我切了一角蛋糕递给苏静川。苏静川接过，坐在电脑前，一边吃一边看我新写的一百多个字。我们之间好像没有发生过任何矛盾，像老样子。

　　苏静川最喜欢当着我的面看我写的东西，时不时观察我的表情。这么多年了，我还是没能习惯，浑身不自在起来。我边打开电视边偷瞄她脸上的表情，却正好瞄到她也在偷看我，我们相视而笑。破电视却和外面蒙大拿的天空大地一样，飘的全都是雪花，浑蛋的美利坚，还不如我的河北老家，一切都像九十年代。遥控器拨了一整圈，一个正常能看的台都没有，我有些气恼地关掉了电视。而那边的苏静川手里的蛋糕只吃了两口就已经阅读完我的创作成果了，毕竟只有一百多个字。我大气不敢出，静静等待她的点评。半晌，她说，我挺喜欢这个开头的。我泄了气，说，不咋样，对吧？苏静川说，后面发生了什么，说给我听听。我说，用英文？苏静川说，用中文。我说，咱先把蛋糕吃完，过完这个生日。我倒了两杯酒，我们一边喝一边吃蛋糕，呼啸的风一直不停地吹，我庆幸我们能住在一个有屋顶、有墙壁的地方，免于遭受自然的迫害，而且目前看起来这个屋子还算牢固。一大个蛋糕被我们吃了个精光，酒足饭饱的我们躺在沙发上，由于没有任何的娱乐节目，苏静川又开始催我给她讲我剩下的小说。我说，就不能再多歇会儿吗？苏静川说，你还没编好？我说，被你看穿了。我感到自己放松下来了，脑袋枕在沙发上想了想，说，我开始讲了。

　　同样是二月十三号，同样是大雪，不同的是你我都不在这里。更加不同的是我是你，你是我。从现在开始，我是苏静川，你是张允。
　　"那天雪是从天刚擦亮开始下的，我知道是因为我彻夜没有睡着。我脑子里全是我们养的那两只猫。自从张允住院以来，我已经一个多星期没有回过家了。张允出车祸的那天我接到警方通知，失魂落魄去了医院，就再也没有回过。这一个星期张允一直处于昏迷当中，医生发了好几张病危通知书，告诉我，他随时都有可能死去。看着喉管上插着呼吸机的张允，感觉医生没有骗我。昨天夜里，我脑子里突然想起不知道在哪里看过的新闻，说有人关了一屋子猫，不给喂食，到后来猫们因为饥饿开始互相残杀，吃掉对方的尸体。最后别人打开房门时，里面只剩了一只猫，和一堆猫残破的尸体。我开始担心家里的猫，它们的猫粮应该早就吃完了。夜里我趴在张允的床边，脑子里全是猫尸的画面。不行，我必须要回家喂一下猫。相信张允也是会同意我的。可偏偏不巧，那天下起了大雪，北京好几年没下过这么大的雪了。所有人都清楚北京这座城市的交通，一点雨，一点雪，都有可能使它瘫痪，何况是一场大雪。雪越下越大，而我却越来越焦虑。这一个多星期里我精神已然崩溃，感觉有种力量在使劲把我的灵魂往外推。一切实在太过戏剧性，八点档的狗血电视剧也不过如此了。现在老天爷又安排一场大雪，以至于我极其害怕当我回来时，张允已经死了。或者更糟糕，我在离开或归来的途中，他死了。虽然我不知道更糟在哪里。但如果现在不回去，明天情况只会更加严峻，我就更加回不去了。张允的妈妈对我说，静川，你去吧，去吧，别犹豫了。上午十点，我焦躁地在病房里踱来踱去。张允妈妈对我说，去吧。我下了决心，要回去。我俯身到张允的耳边，对他说，我回家喂喂猫，它们一个多星期没有东西吃了，等我回来，好吗？等我回来。不知道张允听见了没有，他的眼皮稍微动了动，我默认他听见了。这辆卡罗拉我们已经开了好几年，光是扫掉车身上的雪就浪费了我不少时间。一路上，雪不断地覆到挡风玻璃上，雨刷器刮走它们时发出吱吱的声响，我不停地抽烟，一根接着一根，不停地超车，一辆接着一辆。出人意料的是，北京的交通没有发生预期中的大崩溃，甚至有些畅通无阻，只用了不到二十分钟，我就到家了。走进家门的那一刻，两只猫便围住我的脚，看样子它们除了有点饿没有任何问题。我给它们倒了一盆猫粮，添了些水，它们立即吃了起来。

苏静川打断我，问，为什么不让朋友回去帮忙喂猫呢？我停下来说，你问住我了。想了想，我说，是指纹锁，只有苏静川可以打开。苏静川说，指纹锁都带密码的吧，让朋友输密码也可以。我说，是租的房子，房东没有告知密码，所以当时中介只录了指纹，张允和苏静川的，所以只能苏静川回去。苏静川嗯了一声，说，有点牵强。我说，确实有点牵强，那张允和苏静川在北京没有任何朋友呢？我不想再安排人物出场了。苏静川说，小问题而已，你继续。我说，我试试看，那我继续了。

看着猫进食，我突然回过神来，为什么不让朋友帮忙来喂一下呢？我一定是昏了头，整整一个星期没有睡好觉，脑子都不灵光了，这让我感到自己现在所做的没有意义。有一种更好的方法意味着我现在承担了不必要的风险。我摸了摸猫，起身，看着熟悉的家，产生一种恍惚的感觉，我预感从现在开始所有一切都将变得面目全非，有些害怕。我只是想从那种状况里抽离一下吧，我承受不了了。我给自己倒了杯占边，边喝边照镜子，镜子里的我憔悴极了，像是遭受了九九八十一天的严刑拷打，而我压根不知道对方要我吐露的真相到底是什么。心算了一下时间和路况，我决定胆子再大一点，去洗个澡。我把杯里的酒一饮而尽，走进了浴室。在淋浴间里，我感觉我和这个世界完全地剥离了，这个世界的所有事情再和我没有丁点关系。热水淋在我身上，我终于放松了。清洁身体会带来舒适，这是真的。但整个过程没有持续太久。我又突然想起，张允躺在病床上的模样，以及我还要收拾他火化时要穿的衣服，按照习俗，必须是单数。我一下子又被拽回来了。我哭了，站在淋浴间里用尽全身力气地哭。洗完澡，我快速收拾好衣服，将猫送到楼下宠物店寄养，开上车，直奔医院。对，我酒驾了。回去的路上雪没有停，但也没有发生大堵塞，看上去这一趟还算顺利，这让我不那么焦虑了。但什么叫顺利？我有种奇妙的感觉，那就是有人安排了这一切，可我完全不知道安排的人要启示我什么，发生这一切的意义是什么。到医院时，来不及吹干的头发早在风雪里结了冰，我提着一袋子衣服，朝病房走去，我看见张允的妈妈站在门口，望着窗外的大雪。回过头，我俩的眼神对视上。我们的眼里应该都写满了不尽相同但很确切的悲伤。

我说，就停在这里吧。苏静川说，我喜欢这个结尾，停在这里挺好的，再丰富丰富细节，就很好了，洗澡那段让我想起卡佛的那篇《洗澡》。我说，但我还没弄明白，"最后一面"这个主题，到底是为了什么？苏静川说，就是最后一面，"最后一面"这四个字就是全部含义。我说，我的意思是，我躺在那里，昏迷了，脑子已经不在这里了，和死了有什么区别呢。苏静川说，但还是活着的啊，活着就是和死了的区别。我说，诡辩。苏静川说，是我把握了真理。我有些晕，眼前家里的摆设仿佛跳动起来。回过神，我问，你到底加了多少料啊。苏静川笑着说，一卡车。我们笑了一阵。我站起来看看窗外，雪还在不停地下，那辆二手卡罗拉已经被完全覆盖了，不见了踪影。苏静川说，我有个问题想问你。我说，你说。苏静川问，你为什么总是写那么悲伤的故事呢？我看着窗外说，可能因为本身就是个不高兴的人吧，但你要听实话吗？苏静川说，当然要听实话了。我说，其实我不知道，我不知道为什么总是要写一些让人沮丧的东西，我也不知道我要表达些什么。苏静川说，你不必明白所有事情。我回过头，苏静川躺在沙发上一动不动，如果把她在家里的画面做成一个集锦，她将永远是静止的。我说，你刚刚给我提的那一段，很有启发。苏静川说，找朋友看猫的那段吗？我点点头。苏静川问，什么启发？我说，你看，我们在脑袋里用理性总是能找出更好的解决方法，但实际上在现实生活里，我们常常犯傻、冲动、干不合情理的事情。苏静川说，比如时间明明很紧，但我还是决定洗个澡？我点点头，说，生活和人都是暧昧不清，混沌的。苏静川说，还有什么别的启发吗？我说，多了去了。苏静川说，嘿，你今天大脑真是活了，继续说。我说，比如我写的故事是真的吗？一点点的不合理之处，就让它看起来像是个假的编造的东西，但我们的现实呢？我们可以找出一万个不合理的地方，但我们的现实生活是假的吗？苏静川笑了，你找找看，我看看够不够一万个。我说，就像现在，我们在蒙大拿，要了命了，我们怎么会来蒙大拿呢？谁他妈来美国会去蒙大拿？这还不够，我倒是要问问，落基山这么好一学校，怎么让你二十九岁就当上副教授了？苏静川说，你非要再提对吧？我继续发问，一场雪而已，就让世界头号强国的通信系统瘫痪了？怎么可能呢？这可是二十一世纪，都5G了。苏静川笑得合不拢嘴。我说，一个中国人教印第安史？宗教史？别逗了，你告诉我，你信什么教？苏静川举起手，高喊，说，我信奉伟大的共产主义！我继续说，还有，最好笑的是这杯酒，我什么时候喝过占边？我甚至他妈都不爱喝酒。你想想，这酒是什么时候出现在我们家里的。还有这个家，这个家，你看看，你好好看看，挂在那里的合影，什么时候照的，十年前？十年，我不觉得咱们认识那么久了，还有你知道最荒谬的是什么吗？苏静川说，是什么？我说，特朗普是美国总统！放在十年前，你这么跟别人说，所有人都会把直肠笑出来。苏静川说，可以了啊现在，开始谈论美国政治了，真正的美国人了！我说，我倒是想谈中国政治，但我谈不出来，你发现奇怪的地方了吗？你发现了吗？苏静川想了想，说，是啊，我也谈不出来。我说，对！明明我们在离祖国千万里远的美国乡下，但我们说不出来，房间里有一头大象！苏静川糊涂了，说，你到底在说什么啊，我懵了。我说，还有，你在蛋糕里加了什么料，我们为什么说不出来？很明显，是有人不让我们说出来。苏静川说，你有点大过头了，开始分不清真假。我说，你分得清？你怎么能确定我们不是像我刚才编的烂故事里的角色呢？苏静川说，我能确定。我说，和我说说，你是怎么确定的？苏静川说，能确定的就能确定，不能确定的人永远也确定不了。我说，我不接受这个说法。苏静川说，你不是疯了就是太大了，既然如此，那你能分清楚现实和梦境吗？我说，醒过来才能分清楚，一旦你意识到在梦里，你马上就会醒了，对吗？现在我感觉就是要醒过来的时候。苏静川说，你真的想醒过来吗？我说，当然想，你不想吗？苏静川伸了个懒腰说，我不想。

说完，苏静川躺在沙发上睡着了，看来她今天真的够累。我时常懊恼自己对她不够体贴，在大学里工作了一整天，回到家还要应付我这些幼稚到有点神经质的想法。我站在窗前确认，对，故事里的那天，就是这么大的雪，如果这么大的雪，北京的交通怎么可能不瘫痪，除非这个城市全部的人都蒸发了。如果有人见过这么大的风雪，就必然知道我所说的是假的。我又成功地找到了自己的漏洞。说真的，这里是哪里，白鲟市？真的有这么个地方吗？这个名字像是从远方传来的一个谣言，我在哪里听过，但我不确信我真的活在这里。这个城市可能都是虚构的。

说完，我有些愣，困意瞬间袭来，但我死撑着站在窗前。细小绵密的雪花成堆成堆地从天上飘落，被风吹得乱舞，远方有一盏路灯，围着它的雪舞得像夏日的飞蚊，再远什么东西我都看不见了，白皑皑的一片覆盖大陆，我们也会像这样被淹没的吧。突然地，苏静川的声音从我背后传来，说，你还好吧？我回过头，苏静川已经坐好了，神情也从睡眼惺忪变成清醒而严肃。我说，还好吧，可能就是累了。苏静川说，你想的没错，白鲑市确实是虚构的。我说，我一定是太大了，产生幻觉了。苏静川说，我也有个小说的点子，你要不要听听？我来了兴趣，说，你讲讲看。

有这么一男的，在美国某地用英语写小说，英语不好，写得贼烂。偏偏自尊心很强，生活全靠老婆在大学教书养着。他觉得既没面子，又没安全感。怀疑老婆和大学里的其他老师出轨，偷偷跟踪了好几次，没有任何发现。他以为他老婆不知道，他老婆其实全都门儿清，只是不提。

几次侦查未果先惹恼的居然是男人，罕见的暴雪天，男人几杯酒下肚，开始逼问女人到底是怎么在年纪不大的情况下拿到这么高的教职，是不是背后有白人老头帮助。暗示女人是靠性关系上位的。女人当然否认，对男的破口大骂。两人大吵一架，男人率先动了手。这个男人从来都是先发制人，不落下风。女人被揍得慌不择路，只拿了车钥匙就逃出了家门，开上车不知道往哪儿去。男人气得把门反锁了又反锁，回到家继续喝酒。雪越下越大，电视台开始播送暴雪预警。天也越来越晚，女人也没有回来的迹象。男人推测，女人不是跑到奸夫家里躲起来了，就是跑到警察局举报自己家暴了，美国对这事管得挺严。男人做好了心理准备。喝多了，就睡着了。

叫醒他的是第二天一早警方打来的电话，却不是因为家庭暴力，而是通知女人的死亡。警方告诉他，由于暴风雪，女人的车子打滑，撞到了树上，当场报废。当时女人受伤严重，但尚能活动，便下车到路边呼救。无奈路段位于偏僻位置，加上天气状况，一晚上都没有车辆经过，女人就这样冻死在了路边。男人到太平间看见女人的尸体，全身被冻得发紫，四肢末端甚至已经发黑。右手肘部错位骨折，拐成了九十度。女人的脸色灰白，嘴唇深紫，眼睛没有办法合上，直勾勾地盯着天花板。

后来男人就疯了，成天把自己锁在屋里，靠女人的保险赔偿度日。每天喝酒，吸毒，看书，写小说，仿佛忘了自己曾经对女人作过的孽，好像那天的暴风雪都化了，未曾存在过。在小说里，他一次次地虚构女人的死亡，每一次都是善终。他用尽技巧美化两人之间的感情，抒发自己对女人的不舍，小说里的他仿佛深情到不能再深情，用凝视一朵花的眼神凝视死。这样的东西当然不会有出版社会出。这是垃圾。

半夜他时常想起女人死时的模样，惊醒过来。他只好喝更多的酒，吸更多的毒，写更多的死亡。他把自己写的东西打印出来，摞成厚厚的一垛。他不再看其他的书了，只看自己写的女人的死。一边看，一边落泪。他对着装饰过的倒影自怜，深陷其中，过着被愚蠢浸透了的日子，还以为那就是生活的真相。仿佛那就是他人生最悲惨的事情。

接着，他把女人的死亡占为己有。仿佛死的不是女人，而是他。他甚至开始写自己的死亡，他把自己写死了一次又一次，这下可好，这些小说里轮到可怜的女人伤心了，她本该已经安息。他幻想如果死的是自己，女人会有多不舍。他虚构没有他的日子，女人是怎么怀着幸存者的愧疚一天一天熬下去的。他假设如果死的是自己，他现在会在哪里。这种模糊现实的写作，加上大量致幻药物的作用，导致他开始出现幻觉。他的世界里，女人经常会在雪天开着车回到家里，完好无损，健康开朗地和他讨论他新写的小说，给出一些模棱两可的意见。偶尔，他们还假模假式地探讨现实和虚构、真实与虚假，这一条线到底在我们脚下的什么位置。

直到有一天，他又在品读自己的大作，准备痛哭流涕。一只蚂蚁爬上了他的稿纸。蚂蚁看着比自己身形还要巨大的字符问，这些都是什么东西？男人回答，是字母。蚂蚁问，什么是字母？男人回答，字母组成单词，单词组成句子，句子又组成了故事。蚂蚁又问，我有点理解不了，那这一切都是为了什么呢？男人说，不为什么，这就是真相。蚂蚁问，这些全都是真的吗？蚂蚁这句话好像触到了男人的痛处，一气之下男人用手指头捻死了蚂蚁。男人望向窗外，雪又开始下了，原来距离那场风雪已经过去了整整一年。他看着那些即将被雪覆盖的房屋、公路、广告牌、树木，还有向下压坠的积云，被云遮蔽住的天空，以及那因此而若隐若现的太阳。突然醒悟了似的，他和那只被自己杀死的蚂蚁没有区别，一样理解不了这个较之于他无比巨大的世界。这种巨大的抽离，让他一下子从幻觉中清醒。

幡然悔悟的他终于流下真诚的眼泪，饱含忏悔的眼泪。他把自己的稿子一页一页撕碎，扔进铁桶，浇上酒精，付之一炬。他跪在天地、女人还有自己面前，紧闭双眼，祈祷一场一万年之久的大雪，以此洗刷自己的罪过。但他不知道，救赎从不会降临到活人身上。

第二年开春，邻人们发现男人的尸体，据说仍然保持跪姿。

说完，苏静川躺回到沙发上，闭上眼睡了过去，发出轻微的鼾声。我站起来，在客厅里走了一圈，看看她，又转头看看窗外的雪。我有种错觉，每一片雪花都落进永恒，它会一直下，一直下。

头

奖

二〇〇八年，一切都在上升，我二十岁。在家辍学三年之后，我搭乘长途客车，来到伟大首都北京投奔我小舅。小舅在劲松临街租了一家门面，从事变压器销售，在他的安排下，我成为一名销售人员。一个月后，我的业绩为零，因为我实在不知道体积如此庞大的变压器该卖给谁。

某天我隐隐感觉不安，果不其然，晚饭时小舅拉着我喝了一顿白酒，辛辣刺激，酒足饭饱之后，小舅语重心长地通知我：你被开除了。开除理由是脑袋不太灵光，并且饭量较大，严重增加了公司运营成本，只出不进，另因裙带关系，舆论纷纷，影响着实不良。前两点我并不否认，上学时我就发现自己不太机敏，并且下课后总是第一个到达食堂，这已说明了一些问题。我认为自己实在不适合销售这种饱含变通的创意型工种，但也不知道适合干什么，无头苍蝇找厕所，撞呗。可见这次没撞上。

小舅离开饭桌时塞给我五百块旅费，让我买票回老家，并且嘱咐我不要告诉我妈是他开除了我，如有问起，就说自己不适应北京漂泊的生活，想家了。我点头说，好，小舅你放心，我人虽然不灵光，但绝不会做叛徒。小舅用力拍了拍我的肩膀，说，小李，我最喜欢的就是你的忠诚，太适合干情报，只可惜咱们现在是和平年代。我叹，唉，生不逢时。小舅说，生不逢时啊。小舅说完踱步回了屋，我干了最后一杯酒。

第二天，我拿着五百块钱，没有回家，我有自己的算盘要打。我在北京除了小舅举目无亲，可刚来一个月就逃回家乡，显得太没出息。寻寻觅觅，在朝阳区另一片地界，我找到了一份新的工作——家政保洁。我身强力壮，年轻人在家政领域属于稀有物种。另外我脑子虽然不太灵光，但手脚还算麻利，根据大人们可靠的回忆，说我当年抓周的时候抓了块抹布，在场长辈无不惊叹。这无疑滋长了我对归纳整理的自信心。

说起来我们公司算是华北地区首家提出管家式家政保洁服务的公司，"管家式"三个字看着凶猛无比，其实对比其他钟点工，我们只是多了一身制服，除此之外，还需要拖地时跪在地上，用手清洁。对于这项政策我表示支持，一看就是常干活的人下的命令，干家务的人都懂，由于发力角度的问题，用墩布其实很难把地面清洁干净，最彻底最虔诚的方式就是双膝跪地，手持抹布，一寸一寸地抚摸大地。

包吃住，底薪五百，培训三天，过程较为顺利，但我发现我的同事们都是年近五十的中年妇女，除了没有共同语言，甚至有几位还要给我介绍对象。二十岁的家政服务员，只我一个。我穿上制服，胸牌一挂，算是正式上岗。业务范围覆盖整个酒仙桥路。照镜子时我头一次感觉，自己有出息了。

除去一些散活，我主要负责两户，一户是林舒家，另一户是老余家。林舒家是我第一天上工去的，二〇〇八年再往前十年建的高档老小区，分为别墅和公寓，有钱的住别墅，不那么有钱的住公寓。林舒住在公寓。那天下午，我在小区里迷了路，好不容易才找到门牌号和楼层，敲门，女房主，那时还不知道她叫林舒，打开门，她看上去有些惊讶，似乎没想到是一个大小伙子来给她做保洁。打量了几眼，看了看我的胸牌，她转身走回屋里。我按照培训时候教的，在门口鞠躬，说，您好，我是您预约的家政保洁员。里面没声响，我继续说道，您预约的皇家清理套餐，一百五十元四个小时，超出的时长每小时按二十五元计算，不满一小时按一小时计。里面依旧没有任何回音。我又问了一句，那我进来了，您看可以吗？回应，沉默。我探脑袋看了一眼，女房主的侧脸衬在墨绿色的窗帘上，轮廓分明，一头短发，干练并且不好接触，坐在落地窗前的画架前，手持一根铅笔，稳定而迅速地画过，一根线条便出现在画布上。这把我镇住了，和当时看见《重庆森林》里的王菲一样的感觉，虽然不太清楚她要干什么，但却是真的好看。我识趣地不再说话，轻手轻脚地脱去鞋子，摆放在门口，提着工具箱蹑手蹑脚走进屋子。

　　那是一间面积不太大的公寓，一室一厅，家具摆放简洁，墙被刷成了墨绿和淡粉，阻隔露台的是巨大的落地窗，与之相对的是一面凹凸有致的砖面墙，上面挂满了油画，画幅大小不一，有方有圆，组合起来，别有美感。具体画作，我不太熟，即便是名画，文化底蕴如我也认不出来，只觉得很好看。后来才知道，那些画都是出自林舒之手。那时觉得敢在家里挂自己画的人多少都比较厉害，十年后的我只觉得这人脸皮够厚。

　　我环顾一圈，屋里还算干净，面积不大，四个小时应该可以收拾完毕。我先用桌面布，蘸取公司调配的专用清洁剂，擦拭台面，干湿两遍，保证一尘不染。值得注意的是，必须要记住所有物品的摆放顺序，清洁完毕之后，再恢复原位，避免保洁之后客人找不到原先的物品，只要客户心中有一丝埋怨，那么公司的口碑就损了一节。这些都是硬性规定，其他的细节则需要灵活变通，最大的原则，眼里要有活。比如有的客户家里会养猫，猫会掉毛，那么就需要用胶带把沙发上的猫毛粘干净，赏心悦目。再比如林舒家里的特殊情况，就是地板上的颜料，一开始我用清洁剂，并不能很好地清除颜料。反复琢磨之后，我心生一计，买了一个清理厨具用的钢丝球，将钢丝拆松，沾上洗涤灵，既能刮擦颜料又能不划伤地板，真乃一举两得。

　　固定周二下午，我就会悄无声息地出现在林舒家里，悄无声息地干活，悄无声息地离去。整整四周，林舒的画布上只有一条细线，留给我的大部分是一个背影。我有时会久久注视，她并没有注意，她就坐在这条细线前，整整四个星期，我真不知道她是在画画还是在面壁。都说搞艺术的都有点神经质，我算是亲眼见到了。就算如此，实木地板上仍有颜料点，颜色不尽相同，我奇怪，没下笔，哪儿来的油料？不过我不会问，每次尽忠职守地搓掉，直到第四周，我再一次蹲下擦洗颜料点时，林舒开口了，她说，别擦了。我说，啊？林舒说，满地颜色，不觉得好看吗？天地都是布，都可以画。我画上又被你擦掉，我岂不是都白画了。我一头雾水，接着反应过来，我自己研发的清理办法，被全盘否定。我不觉得好看，只觉得脏。神经质。

不过公司培训时教我们，最好的管家所具备的最大的优点就是：忠诚。忠诚就是不质疑主人的任何决定，坚决执行，包括一步臭棋。面对林舒的野蛮要求，虽然觉得荒谬，我也只能微笑点头，说，好的。

走出林舒家，提着垃圾扔进垃圾桶，特别用力。垃圾桶满了，垃圾撒甩开来，我站在一堆废物中，并不突兀。

下工回公司路上，路过彩票站，正值开奖时间，小小的门店围了三圈人，门口的大爷们象棋也不下了，附近的打工者也围拢过来，一起抬头盯着墙上的电视机，我被这场景所吸引，感受到一股巨大的力量团聚在那儿，仿佛磁铁，而我是一粒铁砂，不由自主附了过去。为了有所参与感，我拨开人群，来到老板面前要买一注彩票，机选。老板对这种场面似乎司空见惯，眼皮都不带抬一下，按下按钮，机器吐票，递给我，说，来得可真是时候。

开奖正式开始，只是第一个号码我就败下阵来，得，白白浪费两块钱，两块钱买什么不好，我底薪才五百。荣华富贵和我没有了关系，可派对正在前往高潮，我又不舍得离开。每吐出来一个号码，就有人把手里的彩票一扔，走出彩票站，而那张曾被视为珍宝的彩票飘到地上，任人踩踏。七个号码出来，所有人都把头低了下去，异口同声骂了一句，只剩一颗脑袋抬着。那颗脑袋没有表情，梳偏分，戴着一副眼镜，年纪偏大。人群散去，我发现他双手背在身后，背微微弯曲，上穿卡其色夹克，下身西裤，一双皮鞋虽有年头，但锃光瓦亮。气场，我头一次明白了这个词的意思。

其他大爷们回到屋外下棋，该大爷却不为所动，转身对着墙上贴着的历次中奖号码看了起来，我完全被他吸引，忘记迈开脚步。彩票站老板饶有兴趣地问那个老头，老余，有眉目了吗？该老余没有回答，撇了撇嘴，看不出表情，离开了彩票站。

从那之后每隔几天，我就要进一次彩票站，买一注彩票，赌一赌运气，另外总想看看老余，他身上带着一股奇特的疏离感，身体虽然在此处，却感觉他在非常遥远的地方注视着这一切的发生，似乎他是为了中奖，但也不是为了中奖，模糊，像看电影时一个隐隐的悬念。

我问老板，那个老余是干吗的？老板的眼皮又没抬起来，说，说了你也不懂。我不服气，说，万一我懂呢。老板说，一个疯子，你要是懂你也是疯子。我不再说话，不愧是首都的疯子，疯都可以疯得这么平静。

恰逢公司扩张业务需要，每个保洁员除了散户零工，还得再加一户固定家庭，双倍忠诚。那天我去新客户家上工，一推门见房主，我愣住了，两个字从我嘴里跑出来，老余！老余打量打量了我，转身回屋，说，是我。我说，你认识我？老余声音飘过来，说，彩票站见过。老余举止正常，记忆力稳固，看不出来有疯癫之处。我定了定神，才想起来要按照规章制度介绍项目及收费，一鞠躬，说，您好……话音未落，老余摆了摆手，说，不用说了，我都知道。我说，那价格收费……老余打断，说，我说了，我都知道，你干活，不要打扰我。说完老余就背手走进了屋内。

老式小区，估摸是单位分的房子，出乎意料的是也没有太过脏乱，看上去一切井然有序。一路摸索过去，才发觉一切果然只是看上去，台面上积的灰尘足有一厘米厚，拿起一个相框抹了抹，灰尘下露出一张合影，老余和一个女人，看着像是夫妻合照，女人面相温婉，身体向老余微微倚靠，老余表情严肃，仿佛女人是便衣警察，抓获涉嫌谋杀的犯罪嫌疑人老余一名，老余背在身后的双手已经挂上一副手铐。

收拾完客厅和厕所，我才感觉到现场安静得有些可怕，书房的门虚掩着，我悄悄推开，迎面是一块巨大的白板，上面用马克笔写满了各种公式，杂乱无章，甚至叠加在一起。我脑子一下就大了，倏地回到屈辱不堪的学生生涯，老师在上面讲课，其他同学睡倒一片，我则在底下抓耳挠腮，最努力的最痛苦，我就是这样的感受。白板旁边是用书筑起的高墙，老余伏案于其中，偏分的头发散落开来，暴露出头顶稀疏的真相，身旁撒落不计其数的黄色稿纸，手肘窸窣，又一张黄纸飞出来，飘到地上。我不忍打搅，但还是说道，余先生，其他屋子收拾完了。老余头都没抬，说，书房不用收拾。不用收拾？在我看来最需要收拾的就是书房。我说，可是服务时间还有很长……老余的脑袋依旧没有抬起来的意思，说，我说了，不用收拾，你走吧。语气里的不容置疑让忠诚的我望而却步，我提着工具箱，悄悄地走出老余家。

回到公司，手机响了，是我爸打来的，问我工作干得怎么样，钱赚多赚少无所谓，最主要的是在外头不能丢老李家的人。

听到这句话，我脑子里两个想法：一、在外头不能丢，在里头是不是就可以丢？二、如果已经丢了，那该怎么办？我没有把我脑子里的想法讲出来，只是说，好，一定，爹你放心。接着挂断了电话。

我并不期待生活出现什么转机，因为我尚不明确事情该往哪里走。

最近仍然是一个朋友没有交到，我们家政工向来独来独往，幸好我早就已经习惯。好消息是林舒的心情似乎好了很多，最大的表现就是肯跟我说话了，如果长此以往不发一言，我真会以为她要么是个语言障碍者，要么极端厌恶我。

那天情况是这样的，我按照惯例来到她家做保洁，如往常一样，她坐在画布前，唰地画了一条直线，问我，你觉得我画得直吗？我看了看，说，直，贼拉直。她说，我觉得不够直。我心说，那你问我干啥？但嘴上还是说，被你一说，仔细看，好像确实不那么直。林舒白了我一眼，说，你好没态度。我说，我们服务行业人员，能有什么态度，客户的态度就是我的态度。林舒笑了，她拿铅笔在那条线的左边又画了一条线，说，那这条呢。我看了看说，你让它直，它就是直，你说它不直，它直也不直。林舒说，全凭我心？我说，全凭客户心。林舒说，那不是指鹿为马吗？我说，指鹿为马，指马为鹿，无所谓。林舒说，我觉得不直，我要完全直，两根线完全平行，稍微有点差池，它们就会相交。平行线我懂，上学时为数不多没有忘记的知识。我说，平行线，好，特别好。林舒说，哪儿好？我说，哪里好我说不清，但就是感觉特别好，艺术，就是让人感觉好。

林舒不再理我，撤下纸，换上新的，打开音响，放入一张CD，乐声飘出来，充满了整个房间。房间里的物品成了鲜活的生命，跳动起来。那张沙发看上去特别舒服，让人情不自禁想躺一躺；那盏灯的光温暖柔和，晕开空气。一朵洁白的云正在室内缓慢生成，光穿过纱帘时被染成了淡粉，四面八方的世界悄悄退场，我和林舒的眼前成了唯一的角落。

因为艺术品位有限，我并不知道这是什么乐曲。林舒回到座位，继续琢磨她的艺术大作，仿佛这只是她生活里寻常一景。我很久才回过神来，捡起被扔到地上的画纸，攒了攒，将它扔到垃圾桶里。

那天下工我心情飘荡，晃晃悠悠向上走，一直哼着林舒刚刚放的曲子，真好听，叫什么呢，真后悔没问清楚。路过彩票站，心绪开朗，我也就敢打敢拼起来，一口气买了两注彩票，没看见老余，就没等开奖，回去路上大脑也勇敢起来，忍不住幻想如果真的中了头奖五百万该怎么花，当时不知道奖金还要收税，以为说给你五百万就真给你五百万，盘算起来，四百九十万给爸妈，剩十万给自己就够了。十万块钱，也不干别的，除了吃喝，就拿去试错。我发现我人生活到这种地步，就是因为试错的机会太少，试错的成本太高。上学就是个错，一步错，步步错，到现在也没发现自己热爱什么，钟情什么，愿意为了什么而付出所有。

躺在床上，闭上眼睛全是中奖之后舒坦的生活，底气足了很多，脑子里也敢想起来，车必须要买奥迪，并且必须是A6，奥迪A6在我们老家是一种象征，象征开车的人有钱或者有权，并且脾气一定不好。双向车道要开在大马路中间。我开着奥迪，行驶在回家的路上，满面春风，过程却被林舒放的那首歌打断，想起来就挥之不去，脑子里被滤了一遍，只剩下今天下午的时光，真是神了。我思来想去，决定更改刚刚的奖金分配，如若中奖，我再多给自己留五十万，这五十万用来娶林舒，应该够了吧？歌声从窗户逐渐飘出去，我沉沉睡去。

步入十二月，天气转冷，北京展示出它凛冽的一面，我又瘦又小，风一刮就是一个趔趄。公司配的棉服可能充的是黑心棉，轻飘飘，一点也不抗风，极有可能产自我的老家。大部分时间我在街上呈疾走状，从一个室内飞速钻入另一个室内，活像一只过街老鼠。走至彩票站核对中奖号码，果不其然，再次失之交臂。前几天没抱中奖的心态，也不会太失望，这次倒好，夜里把奖金都分配好，奥迪已购，老婆已娶，再告诉我没有中奖，实在有点难以接受。我把彩票扔到地上，恶狠狠地踩了两脚。扭头，发现老余也站在旁边，死盯着电视屏幕，今天的他与往常有些不同，皮鞋在地上搓来搓去，手也从背在后面变成了交叉在胸前，不改的是严肃的眼神和紧皱的眉头。我打招呼，说，你好啊，老余！老余没把目光瞥向我一下，说，我的保洁改到二十四号。我思索了一下，和林舒的日子撞了，对他说，那天下午已经安排其他客户了。老余说，没事，你可以晚上来。我没有朋友，只有工作，从不分下班加班。我点点头，说，好。说完，老余走出了彩票站，自始至终没有多看我一眼。

十二月二十四号，一出门我就察觉到不对，空气里除了寒冷，还飘着一种热闹。我产生了一种正在过年的错觉。各家商户的橱窗上贴了各式贴花，英文我看不太懂，有一家贴了中文，我认出来了：圣诞快乐。圣诞节，在我们老家几乎没有任何存在感，说是耶稣的生日，凭啥要给一个不认识的老外过生日呢？大城市就是不一样，年味很重，就差几挂鞭炮。

走到林舒家门口，传来上次的乐声，推开门又能见到林舒了，我不自觉整理了一下发型。正要推门，乐曲戛然而止，隔着门，听见几声争吵，刚想附耳听个仔细，门被推开，一个男的走出来，他看看我，我看看他，年纪大概是我的两倍多的一个男的，他正义的眼神令人发毛，我情不自禁低下了本就不高傲的头颅。一低头就看到他腰上大写的"H"字母腰带，金光闪闪，刺伤人的眼球和尊严。

男人走进电梯，下去了。我踏进林舒家，林舒看上去有些失魂落魄，见我来了，没有说话，转身走进了卧室。我往好的方面安慰自己，这男的是林舒他爸，父女闹矛盾，常有的事情，不是么？不要老往阴暗的方面想，我劝自己。再怎么想，心绪也是不宁，心乱了，活儿就干得不利索，同一张桌子，我擦了起码六遍，抹来抹去，抹到卧室门前，想敲又不敢敲。那条大金腰带浮现在我眼前晃了又晃，我的手在空中虚握了一下，没落下。行，看今天这个情况，卧室应该也不用收拾了，我拿好工具奔赴下一场。

临走前我看了眼画架，上面躺着两条笔直的平行线。

老余一把将我拽进家门，一股熟悉的辛辣刺激直冲我的鼻子，这味道我熟，是二锅头。客厅茶几上一个电磁炉，咕嘟冒泡，根据老余走路摇晃的程度判断，他喝了不少。我说，您好，我是您预约的家政服务员小李……老余打断我，说，李什么李，服什么务，吃饭没，来来来，一起吃点。今天的老余亲和力激增，不知道是因为摄入酒精，还是遇到了什么喜事，又或者是因为遇到了喜事而摄入了酒精。我做最后的抵抗，说，公司规定……老余不耐烦了，说，公什么司，客户是不是最大？！我点头。老余笑了，说，那不就得了，让你坐下来吃点喝点，你就坐下来吃点喝点，不就完了嘛，真搞不懂你们这些年轻人，让你歇歇你还不乐意了。我只好脱去工作服，坐下来，老余给我倒满一杯白酒，对我下达指令：干了！我一饮而尽。

酒过三巡，配合涮羊肉，我感觉牛栏山里的牛全部跑进我的头里，整个脑袋大了一圈，无数只野牛奔踏而过，扬起如雾般的尘土，大地一改往日的深沉，因此震颤。老余深沉地看着我，如同严师注视一名劣徒，他点燃一支香烟，问我，小李，对吧？是小李吧。我点头，说，是，我是小李。老余问，小李啊，你懂数学吗？我笑了，说，数学？我懂！平行线，对不对。老余乐了，说，对，平行线！平行线值得喝一杯，美！我说，美！我们又干一杯。

老余放下酒杯，我倒酒，老余问，你知道我是干啥的不？我说，疯子。老余说，疯子？我立即推卸责任说，彩票站老板说的。老余哈哈一笑，说，是，我是疯子，但也是个教授，教数学的。说完伸出了手，自我介绍道，财经大学数学系，余胜利。我顿时肃然起敬，我这辈子第二怕老师，第一怕数学老师。我握住老余的手，说，老师好！老余说，同学们好。真怀念上课的时候。我说，不教了？老余说，退休了。我端起酒杯，喊，敬一杯退休教师，教人育人的老园丁，值得尊敬！说完就干了。老余竖起大拇指，说，小李，我没看错你，你学历虽然不高，但是个明白人，人格健全，有良知。受到夸奖，我自然高兴，夹一块毛肚送到嘴里。老余神秘地说，我给你看一个东西，你别告诉别人。我说，我小舅说了，我这人最大的优点就是忠诚，最适合干情报，尽情地给我看，务必放一万个心。

老余走进书房，将他的白板推出来，之前写满的复杂公式都被抹了个一干二净，只剩下一个巨大的方程组，整整七行，长短不一，绵密而黏稠，像一座迷宫的平面图，又像是没人能读懂的现代诗。我凑近看了看，又闻了闻，笔墨新鲜，应该是今天刚刚写上的。老余问，看得懂不？我说，似懂非懂。老余说，懂的是哪个部分？我说，这是个方程组。老余说，不懂的呢？我说，其他的全都不懂。老余说，我跟你说，这个公式牛大发了。我说，怎么个牛法？老余说，能算彩票号码。

一个惊雷在我心里头炸开。

老余继续说，看见这个 α、β、γ 没？代入年、月、日，就能算出下一期彩票的中奖号码。说完老余跷起二郎腿，身体向后微微倚靠，静静欣赏自己的杰作。听老余说完，这个公式在我眼里立马不一样了，散发出独特魅力，像是迷宫地图的中心，画了一个宝箱。我当即认定，它就是属于阿基米德的那个支点，有它就能撬动地球。我居然记得阿基米德，牛，除了平行线我还记得阿基米德，人生真是蛮多惊喜。

仔细打量公式，我发现一个异常，我问，这个大括弧里头咋是空的？老余身子立起来，说，只差一步。我说，差的是个啥？老余说，括弧里应该住着一个常数，但我还没有找到。我说，常数？老余说，一个固定的量，不变，永远的存在，比如费根堡常数，混沌理论，知道吧。我点点头。我问，这个数有多长？老余说，可能几位，也可能几十位，甚至可能几万位。我问，这么老长，能找到吗？老余说，只要去算它，就有可能找到它，找到它，这个公式就算正式落地了。我回头看了看白板，从公式身上感受到一种伟大，这些简单的字母和数字，扎堆在一起，能捕捉到飘浮于人类头顶的东西，简直是魔术。我望了眼半空，说，它现在还飘着吗？老余说，不算飘，半只脚已经着地，我已经向前迈进了一大步，这也是人类的一大步。我把视线拉回地面，说，太好了，算出来人人都能中彩票，这个世界上就不会再有穷人了。老余似乎察觉到我话语里的愚蠢，没有点破。我问，算这个得多久？老余说，难说，碰上就碰上了，没碰上就没碰上。我说，那不是跟中彩票一样么？老余说，是差不多，但可以搏一搏，运气好一个星期，运气不好我这辈子可能都够呛。我说，呸呸呸。老余看看锅，说，老了。我说，哪儿的话啊，看您精神矍铄的。老余说，我是说羊肉。我赶忙夹出来送进嘴里。

临走时老余任命我为该科研项目首席助理，除了日常打扫，我还多了一份重大工作，那就是帮老余记录和搬运往后的中奖号码。因为他计算量大，必须减少日常精力消耗，要把全部的思维专注在攻克难关上。而老余对我说，数据也很重要，每周三组数据的更新，可能就完全改变计算方向。还送了我三本书，说可以帮我认识到数字的重要性，我拿回去翻都没翻，因为光是书名我就看不懂。但我从三本书里感受到一种分量，一是三本书很厚，加起来就很沉，二是如果数字很重要，那么就意味着我很重要，我喜欢我很重要。我感到肩头的担子又重了一些，寒风吹过，我不觉得冷，身体被一种力量注满。也可能是白酒。

每周跑三次彩票站，只记不买，开奖前我注视人群，看着他们从躁动到泄气，心里充满自信的淡然。而我稳如泰山，手有公式，心中不慌，五百万早晚是我的。我成了老余。光记不买，引起了老板的怀疑。老板问我，老余呢？我说，我怎么知道。老板说，看你俩上回还聊了几句，以为你俩熟呢。我说，萍水相逢，谁也不是谁的谁。老板自找没趣，向我推荐起刮奖彩种，说，双色球不好玩，这个好玩，奖项多，头奖也有五十万呢，要不要玩玩。我说，多少钱？老板说，十块一张。我说，咋这么贵，都能买五注双色球了。老板说，真会算，你咋不说十块钱十次中奖机会呢，合下来一块钱玩一次，多值。我表现出巨大的兴趣，掏出十块钱，说，来一张。刮完，屁都没中，我甩手把刮奖卡扔到垃圾桶。老板嘿嘿一笑，又腰说，下次肯定中。老板一叉腰，露出他的皮带，居然也是一个硕大的"H"。我问，老板，皮带看着挺富有啊，多少钱？老板说，五百，我给砍到二百，牛不牛。我说，牛，哪儿买的？老板指指旁边，说，出门左转，外贸服饰。我试探性地问，不会假的吧？老板说，和真的差不多，看不出来。我问，真的多少钱？五百？老板笑了，说，五你妈百，一万往上。我满脸拧巴，逃出彩票站。

科研工作有条不紊地进行，五百万指日可待。唯一让我担心的是林舒的脸色总是阴晴不定，时而对我有所言语，时而对我视而不见。根据垃圾的成分，我大概推测出一个规律：烟灰缸里有烟头时，她心情好；烟灰缸里干干净净，她心情差。而她不抽烟。我只能大胆分析，这烟是金腰带抽的。金腰带来过，她心情就好，金腰带太久没出现，她心情就烂，烂到摔笔，撕画纸。常有发生。我感到沮丧，又矛盾，希望她能舒心，这样能多对我说几句，哪怕是无关紧要的话。只有金腰带才能让她舒心，而我又不希望金腰带来。可金腰带不来，林舒就愁云惨淡万里凝，我们两个人凝到空气下沉，填满间隙的只有沉默。最后，我得出一个结论，我恨金腰带。

那天，烟灰缸里有烟头，林舒心情不错，家中再次放上音乐，可不是之前的那首了。林舒没有画画，坐在沙发上，看我忙来忙去。在她的注视下，我尽量表演专注，眉头微微皱起，撸撸袖子，擦得格外卖力。她似乎对我产生了兴趣，问，你多大？我说，二十。她说，小屁孩。我说，小孩，不屁，屁在我老家算骂人。她说，那行吧，小孩，你猜我多大？我说，十六，起码比我小四岁。林舒乐得前仰后合，似乎这是一件特别可笑的事情，但我说的是实话，我真觉得她十六岁，永远十六岁。林舒指指画上的两根线，说，我画了五百遍，这次不打算改了。我凑过去，仔细看了看，没发现任何区别，说，平行线，美。林舒说，单调吗？我说，不单调，特别丰富。林舒说，可我就是想要它单调。我立即改嘴，说，单调，特别单调。林舒说，你什么也不懂。我说，对，我什么也不懂。

我以为那一天就会在这美好里结束，直到我收拾卧室时，在垃圾桶发现了安全套，心情顿时复杂起来。收拾完毕，临走时林舒对我说，辛苦了。我更复杂了，说，应该的。在电梯里突然想起来培训时老板对我们的训话，他说，你们不要以为进入了客户的家，就进入了他们的生活。我好像明白了这句话，那感觉像是我从裂开的缝隙窥视一颗转动的水晶球，我唯一能做的只有冒着被卡住的风险把手伸进去，擦拭一个微小角度的表面。

后来送数据时心绪不宁，放下号码，我指着足足半人高的稿纸问老余，需要我帮你扔掉吗？老余伏下去的脑袋唰地抬起来，说，这都是有用的，数据的重要性你都给忘了？我回过神，说，哦，对对对。老余定睛看了看我，说，你今儿个怎么了？我摇摇头，老余说，不高兴？我说，不高兴，但又高兴。老余说，你这样还叫高兴？我说，不是被不高兴耽误了么。老余放下笔，说，我明白了。我说，明白什么了？老余扶了扶眼镜，说，你恋爱了。我说，除了数学你还研究这个？老余说，数学是用来研究的，人不用研究，稍微一看就明白了。我说，真厉害，毒辣。老余说，别拍马屁，女的长啥样？有照片不？我说，没有，总之就是漂亮。林舒的事情我不想多讲，一讲脑子里冒出一条金腰带，感觉没有面子。我转移话题，问，算得怎么样了？老余说，小有进展，倒是你啊，我羡慕。我想起客厅里摆着的那张合影，问，师娘呢？老余说，我什么时候成你师父了？我说，一时找不到尊称。老余说，她走了。我没反应过来，问，不回来了？老余说，不回来了。说完老余埋下头演算，不再理我，我转身走了出去。顺手带走了垃圾。

夜里躺在床上，硬板床硌得我腰背酸痛，集体宿舍里没有一个人说话，四面白墙惨淡无比，从东南西北向我挤压过来，压得我喘不过来气。睡不着，心事在脑子里打转，五十万够么，够你妈啊，只够买五十条皮带。爹娘，孩儿不孝，五百万只能给你们留十万了。好了，现在一下子有了四百九十万，我差点不知道该怎么花，先买二十六条皮带，从 A 到 Z 都给配齐了，我还能怕你这区区一个"H"吗？就这样还剩下四百六十四万。称得上"富足"二字。公式马上就要出炉，我人生的转机就在下一个路口。想到这里，我心安了。

　　我问林舒，有个科研项目找我，你说我去不去？烟灰缸里没有烟头，我知道我有点冒险。林舒说，科研项目？就你？我说，就我。看我严肃，林舒问，什么科研项目？我说，跟数学相关的。林舒忍不住乐了，说，看不出来你还懂数学。我说，生活所迫，才落魄至此。林舒说，别扯了，到底研究什么？你说出来我才能给点建议。我说，费根堡常数你知道吧？林舒可能没想到我会说出这么一个词，摇了摇头，我也不知道这个词怎么就被我记住了。我擦了擦烟灰缸，继续说，混沌理论相关的。林舒问，具体是什么呢？我故意停顿了很久。林舒催促道，快说啊！我露出神秘的表情，说，中彩票。林舒笑了，笑得比之前更厉害，说，谁找你一起研究啊，你得快去。我说，一位大师，很有保障，只是我很担心。林舒说，担心什么？我说，担心我习惯不了有钱的生活。然后我们一起笑，笑完我继续干活，林舒开始摆弄墙上挂的画，一幅一幅地摘下来，远远飘过来一句结论，说，你今天话很多。我没说话，我只想要不掺杂任何杂质的快乐。临走前林舒递给我一张海报，上面是她的照片和名字，这是我第一次知道她叫林舒。林舒说，下个月我要办画展了。我说，真的吗，那太好了。林舒，有空过来看看，撑撑场子。我说，一定。

冒险是值得的。

项目取得突破性进展是在一个月之后。这一个月里，我似乎逐渐摆脱了金腰带和烟灰缸里的烟头，复杂的心情明显减少，有老余在，我心里头有底。月底最后一组数据送过去时，北京难得下起了雨，我护送一组号码，来到老余家。老余给我配了钥匙，我轻手轻脚打开门。天黑得早，也没有开灯，房间内暗淡无比，老余如一团黑影正垮在他家的旧沙发上。按开电灯，室内光亮起来，但房间好像仍然暗淡。我看清楚老余，他两眼放空，见我来了，也不为所动。我猜测他遭受了什么重大打击，极有可能是计算陷入了瓶颈。我还没来得及说话，他先开口了，说，小李，跟我去一个地方。

我们坐车来到了望京某处，一个综合性百货商场，霓虹灯早早被关上，细雨淅沥，行人无几，看上去特别萧条，似乎暗示它正面临时代的淘汰。北京原来还有这样的地方。跟着老余，进入商场，商户的大门紧闭，招牌陈旧，仿佛遭受了瘟疫，或者是火山爆发，已经成为遗迹。扶梯仍在运行，我们下行，地下一层，地下二层，下面有光，逐渐明亮起来，热浪从下方一波一波涌上来。扶梯穿过楼层间隔，地下三层映入我的眼帘，我被眼前的景象所惊呆。

如果上方是遗迹，那么这里便是斗兽场，那是十倍于彩票站的人群，聚集在这儿，围绕中心的平台，漫开。中心平台又分成十几个小平台，人群流动于小平台的缝隙，如一条河流，混乱，但又有规律。扶梯到达，从俯视变为平视，门口贴满了往期中奖号码，好几处被标红，示意该号码是在此处购买的。我和老余进入河流。老余对我说，这是北京最大的彩票销售点，什么彩票都有得卖，什么玩法都有，什么人都有。我们进入人群，被淹没，也随之流动起来。与流动相对的是驻足，每个档口前，都停留了一些人，他们不约而同伸长脖子，注视着屏幕。一个人欢呼起来，吸引了我们的目光，他高振双臂，呐喊，我中奖了！旁边的人投去艳羡的目光，好事者问，哥们儿，中了多少啊？那人伸出一个手指头，说，一万！好事者笑了，退后，鼓鼓掌。开完奖，这群人散开，又聚过来一群新人。老余说，他们买的叫快乐8，每五分钟开一次。我重复，五分钟。老余说，对，每五分钟，就诞生一个幸运儿，你说这世界变得多快，你知道那个问的人为什么笑吗？我说，不知道。老余说，因为中奖的那个人只中了一万，说明头奖还在，他还有机会。老余继续说，刚到这里的时候，我感觉这些人特别可笑，每个人都觉得自己能中头奖，可头奖只有一个，17721088分之一，凭什么觉得自己会那么幸运呢？我觉得很自大，很愚蠢。我到现在一张彩票也没买过。

　　听老余一席话，我想起自己买的彩票，觉得很愚蠢。为了再次验证我的愚蠢，我当着老余的面买了一注快乐8。我拿着彩票说，那你还要算？老余摇摇头说，那不一样，事情完全不一样，这些人是和命运搏斗，我是和自己搏斗。我说，挺好。

五分钟很快就到了，屏幕显示，我果然没有中奖。老余说，你买彩票，买的是什么呢？我说，买个盼头。说完，我将彩票一扔，飘到地上，消失在了河里。

老余笑了，说，后来，每隔一段时间我就要来这里一次，看看这些人，我就感觉世界还是活着的，没有死。我说，当然没死。老余说，也快死了，这里马上就要拆了。我说，这里拆了，还会有新的这里。世界也不会死。被取而代之的不是世界，而是我们。老余有些意外我会说出这么深沉的话，我自己也意外。

老余突然问我，如果你中了头奖要怎么花？我说，孝敬父母。老余说，你说实话。我说，拿去谈恋爱。老余说，真不错。我说，这还不错？我以为你会说我自私自利。老余说，有地儿使就不错，我想了半天，真给我那么老些钱，我都不知道该咋花。我说，等拿到了再说吧，账户里多那么多钱，不是什么坏事。老余摘下眼镜，揉了揉眼睛，说，对我来说是坏事，我总是在算，真多了那么些钱，我保证我会根据利率算利息，浮动利率，复利公式，想想就累。我真的疲了。与潮水相对的是死湖，面前的人们脸上青筋暴起，老余的肩膀微微下垂了一些，后背较之前更加佝偻，我有种不吉利的感觉。老余把一张纸塞进我手里，说，拿去买吧。我展开纸条看了看，是一组号码，我问，这是？我反应过来，问，算出来了？老余点点头。我说，那我可不能要，这是你的成果。老余说，你帮我去验证一下结果，这也是助理的工作吧，快买，周日就要开奖了。我问，如果中了呢？老余说，那就结束了，正好，钱就当作你兼职的报酬。我有些犹豫，不知该怎么办。老余催促，快去。我只好听从命令，拿着纸条，钻入了人群。

回来时老余已经消失不见了，我有些怅然若失，怎么走都不说句话呢，真没礼貌。格格不入的老人消失了，现场被一种莫名的狂热所充满，我感到害怕，旺盛的生命和衰微的生命，都让我感到害怕。回家路上，雨下个不停，淅淅沥沥，并且脏乎乎的，我好像理解了一些事情，但又好像没有。

林舒的画作展出了。我挑了一个傍晚，换上我仅有的一件衬衫和不那么保暖的外套，打算去看看。坐着公共汽车，七拐八拐，来到一片艺术区。拿着海报比对，再次七拐八拐，穿过两道铁门，才在一个偏僻的仓库深处找到了林舒的画展。从玻璃望进去，场地内只有两三个人，我推门进入，先四处张望，没找到林舒，只好观看起油画来。现场一片安静，我大气也不敢出，仔细观摩。

站在我旁边的是一对男女，窃窃私语，对着画指指点点，突然爆发出一阵笑声，在空荡的仓库里显得特别刺耳。我向他们投去不爽的目光，两人浑然不觉，继续低语，女的指着另一幅画说了些什么，男的撇嘴摇摇头，回了一句，女的笑得更开心了。这时林舒突然从侧屋钻出来，指着两人大喊，出去！男女愣住了，男的刚要回嘴，我插在两组人中间，对男的说，不好意思，今天的展览就到此为止了，请您离开。男的看了看我，看了看林舒，拽着女的离开了仓库。仓库外，男的大喊了一声，垃圾！那声音穿过玻璃，回荡在仓库里，我偷看林舒的反应，林舒没有任何反应。

我转过身，对林舒说，别理他们。这时我才闻见林舒身上的酒气，她喝酒了。林舒从背后拿出藏着的酒杯，饮了一口，说，不尊重别人的作品，他妈活该。我说，活该。林舒看看我，说，没想到你还真来了，还挺热爱艺术啊，在我家不都看过了么？我说，看得不仔细，来补看，也来支持支持你。林舒说，谢谢。天完全黑了，艺术区的偏僻角落显得一片死寂，我问，几点关门？天都黑了。林舒望了望门口，说，再开会儿呗，反正我晚上也没事干。我说，仓库没有暖气，多冷啊，你还穿得这么少。林舒说，我喝了点酒，热着呢，你放心吧。我不作挣扎，道别说了几句鼓励之后，转身离开了仓库，走到大门时回头看了看，玻璃内暖色的灯光里，林舒端着酒杯站在那里，眼神向我这边望过来，不知是在看我还是在等人。整个画面像歇业商场临街的展示橱窗，显得有点落寞。我不忍看，匆匆离开。

周日那天，我先来到外贸服饰店购买了一条腰带，俩字母LV，耗资一百元。老板二百块买一个字母，我一百块买了俩，这里头赚了多少倍我都算不清楚。我系上腰带，来到彩票站，心里头有一种未来在手的笃定，原来做先知的感觉是这么痛快。老板看见我的腰带，凑上来低声问，老余算出来了？原来他知道。我不置可否，踏入人群，人群自觉地分成两片。电视机荧幕里摇奖机器开始运转，标记着数字的塑料球上下翻腾，那天不知道是不是我的错觉，人群中的那种躁动不见了，安静到有些可怕。时间变得漫长。球怎么还没上来。我开始犹豫。那老余是不是以后就没有事情干了？那天我感觉他并没有任何的开心。球还没出来，机器是不是出了问题？我竟然开始盼望不要中奖，头奖就留给别人，不是挺好的么。就这么算出来了，不是扯么？话虽如此，但彩票上的号码我早就背得滚瓜烂熟，此刻我死盯屏幕。脑子里突然又冒出一个想法，还是对半分好了，五百万，我和老余一人一半，公平。二百五十万，够了，干什么都够了。老余你等着，我给你带回去二百五十万。所有人都不呼吸了似的，只有我一个人喘着粗气，噗的一声，第一个球上来了。我目瞪口呆，不敢相信自己的眼睛。

第一个数字就错了。

我有些愣，手里的彩票不知该不该扔。我低声自言自语，怎么会错呢……老板凑过来，说，对了才见鬼呢，老余疯了不是一天两天了，也就你信。我说，老余不疯啊。老板说，不疯个屁啊，前年老婆病死，他脑子就不好使了，有事没事就往我这儿跑，儿子在美国，也管不到。我说，他不是数学教授么？老板说，他这么跟你说的？真够离谱的嘿。我说，他不是吗？老板说，你去大学看看哪个教授会研究这个。我还是嘴硬，说，没准会有的吧。老板摇摇头，抱怨道，两年了，一张彩票没买过。

我转身走出彩票站，来到老余家，推门，喊道，老余，错了！老余从里屋跑出来，慌忙戴好眼镜，说，错了？我点点头，说，错了！老余问，错了几个？我说，第一个就错了！老余问，后面呢？我说，后面我就没看了。老余翻找遥控，打开电视，电视上滚动播放着刚刚的开奖号码，老余核对了三遍，回头对我说，全都错了。老余拿着纸在房间里踱来踱去，和那天完全不一样，我感到房间里亮了起来。老余眉头紧皱，说，不应该啊。我说，错了！你重新算吧！老余拿着号码，回到书房，坐下拿起笔画写起来，写到一半，抬头说，上期号码，拿一下，我从兜里拿过去给他，他把两组数字反复对比，对比不出什么，又埋头在一堆数据里翻找起来。看着老余恢复了往日的神采，我感到有些安心，低头瞭见自己的腰带，我这腰带字母怎么不反光啊，操，摘下来，放到餐桌，就当送给老余了。

走出老余家，我回想起老板的话，顿觉愚蠢，用脑子想也知道，算彩票这种事，怎么可能有戏，我居然蠢到信以为真，还真意淫了这么久，太他妈蠢了，活该辍学三年。神经质太多就成了疯子，我信一个疯子，比疯子还疯。不会有五百万，不会有二十六个字母的腰带，什么都不会有了，我反而有底气了。没来由地，我突然想见林舒。特别想问林舒一句，那天我走的时候，她是在看我，还是在等人。我直奔林舒家。

电梯上升，血液从颅腔里退下去，我的勇气开始逐渐消失。开门时，一股剑拔弩张气氛向我射来。林舒眼睛通红，见是我，问，你来干吗？我彻底怂了。我向里瞄了一眼，茶几上烟灰缸里的烟头都快溢出来了，这是一种全新的信号，也意味着这是一种极端危险的信号。回过神，我回答，下周保洁可能做不了了，我得回趟老家，来请个假。林舒说，行，我知道了，你还亲自跑一趟。我说，管家式服务嘛。林舒没笑。我俩就僵在门口，我总不好意思主动说进去坐坐。林舒就要关门。我说，等等。林舒停住，问，怎么了？我脑子里抓来一句，问，那次你放的那首歌叫什么？林舒说，哪首？我说，就是特别悠扬的那首。林舒说，我放的多了，记不清，你想知道？我点点头。林舒说，特别想知道？我点点头。林舒说，你进来吧，我给你找。进了屋，林舒蹲在地上，翻找 CD，一盘一盘地翻，正面看完看背面。我四处张望，发现平行线不见了，取而代之的是黑白黑三块均分的色块，思索了一下我才明白过来，是平行线两端被涂黑了。墙角堆了一些画，正面朝里。餐桌上摆了瓶酒，下去了一半。两个危险的信号叠加，我有些慌乱。

翻着翻着林舒停住了，凝固在那里。我听到外面呜呜的风声，正在将这个城市的一切吹向另一个地方。我大气不敢出，眼睛也不敢眨，害怕做错任何一件事情。林舒突然说，我二十九岁了。声音里有些哽咽。林舒继续说，我二十九岁了，明年我就三十了，你知道吗。我说，我不知道。林舒说，我在这个房子里画了六年，今天刚好整整六年，你看我画的都是些什么狗屎。林舒回过头，看看那组平行线，我不敢多说一句话。翻了翻，林舒说，我找不到。我说，找不到就算了。她推过来一整盒 CD，说，都给你了，你回去慢慢找。我没 CD 机，怎么找，这个礼我收不下。我接过来，又放到茶几上，说，我觉得你画得挺好。林舒笑了，说，你说好看有什么用，你懂个屁。我说，我屁也不懂。林舒说，他们不说好看，就全都不作数。我说，就非得他们说？林舒说，就非得他们说不可。我问，为什么？林舒说，因为他们懂。我的心被击沉了。林舒说，我就是个蹩脚艺术家，瘸腿，跛脚，残疾，半身不遂，偏瘫，狗屁不是。我说，你不是。林舒说，太好笑了。我问，什么这么好笑？林舒说，我太好笑了，我就是个笑话，我还盼他来看我的展，结果他今天说他以后连这儿都不来了。我说，咋还能不来了呢，被抓了啊？这个玩笑依旧不好笑。林舒说，他说再来真的就不行了，瞒不住了。我说，爱来不来。林舒说，你懂个屁。我说，我确实只懂个屁。林舒说，你走吧。

小区角落有五个垃圾桶，围成一个半圆，我走到中间，凑成第六个。没有灯光的地方让人安心。在这个角落，我看到一个峡谷正在裂开，越裂越大，跳跃的兽群纷纷跌落，坠入深渊，站在崖边的我意识到我与这个世界的间隔原来这么大。大到我劈开叉都迈不过去。我什么也没有，更悲惨的是我什么也不懂。什么都不懂，我的分量就没有那么重。如泡沫塑料，风一吹，就会散架。中了头奖又怎么样呢，戴一条闪闪发光的金腰带又如何呢，我只是一个透支运气的倒霉鬼。我开始羡慕老余，老余虽然疯，但好歹他知道自己想干吗，能和自己搏斗，我甚至连自己想干吗都不知道，命运不搭理我。

我找到领导，求领导把林舒换成其他客户让我服务，好说歹说，领导总算是同意了。之后的日子，有工上工，无工我就往老余家钻。大部分时间我不说话，就坐在那里看他演算。那个衰微的老余好像消失了，再也没有出现过。

刚开始，老余恢复了生命力，斗志满满，一天能不间断地算五到六个小时，如同一台彻夜转动的发动机，躁动却让人担心。好几次他都以为自己再次算对了，我们还一起去购买彩票核对号码，可惜，再次败兴而归。

逐渐地，他的病情开始严重。经常把纸揉成一团，扔到白板上，有时弹回来还会砸到他自己，我不敢笑。有时候他坐在客厅，盯着那张照片看，一句话不说，让我心里发毛。可突然，他又起身，把照片盖上，又拿出几叠稿纸铺在地板上，倒执鸡毛掸，像是远征的大帝，指南点北，一边调兵遣将，一边给我讲课。我当然听不懂，但也配合地不断点头。

终于有一天，老余站起来，双臂横扫过桌面，所有东西被扫到了地上。老余大骂。我问，怎么了老余。老余也不回答，拿来一个打火机，撕碎一张稿纸。我一把夺下，问，你要干吗！老余说，我要把它们都给点了！我告诉你，我没算错，我他妈绝对没算错。我把打火机藏到兜里，安抚他坐下，问，那怎么号码没对呢？老余说，除非是有人操纵。他说出这句话，我才确认他是彻底疯了。我递上一杯水，说，十几亿人民，都指着彩票发家致富，谁敢作假？太明目张胆了吧。老余说，那你的意思是我算错了？我说，没有没有，现在大家不都用计算机了吗？说一个电脑等于几百万个人脑，咱要不要找个电脑算算看？老余说，我不会犯错，我当教授几十年，从没犯过错，失误都没有。我说，我知道，我相信你。老余说，数学不允许犯错，一步错，全部就都错了你知道吗？你不知道，你没文化。我说，我是没有文化，没事啊老余，重新来过真的不算事，听说互联网时代就要来临了，全球几十亿个大脑一起算，总会算出来的。老余说，我不需要他们，我自己就行。我说，不是说你不行，人总会老的。老余突然站起来，指着我，说，狼子野心！我说，我怎么了我。老余撕碎手中的稿纸，我感到心疼，老余说，别以为我不知道，你接近我，就是为了奖金，没好处你会接近我这个臭老头子？我儿子都不要我，你算老几？心原来沉过还会再沉。我说，你怎么能这么说我呢？老余说，那天号码算出来，你拿得可勤了，不是吗，着急忙慌地兑奖，一个号码错了就跑回来数落我，失望了吧？我说，我真没有，我当时……老余抢过话头，说，我告诉你，我不会犯错，还他妈建议我用电脑，我一把年纪了像是会用高科技的样子吗？想他妈嘲笑我就直说！我算的就是对的，除非……老余好像想起了什么，突然冷静下来，把撕碎的稿纸拼好，重新坐下来，比对起来。

像这样的情况，之后反复发生了好几次。

陪伴老余成为了负担，我想要一个答案。我偷偷记下白板上的公式，坐公交车来到了财经大学，在校园里打听了好几圈，才在学校里找到数学系的位置。站在楼下，我犹豫了很久。最终拿着纸上了楼，却被楼管拦在了门口。楼管问我，您找谁？我说，我找老师。楼管步步紧逼，问，哪位老师？我回答，数学系老师。楼管像是明白了什么，说，这里是科研楼，只有学生才能进。我说，我就是学生。楼管打量了我一下，举起手，向外拨了拨，不再说话。我拿着纸，不知该怎么办。楼管对我说，走吧，这里刷卡才能进。我点点头，我没有卡，我不能进，只好转身离去。走在校园里，我觉得我和那些学生没有什么差别，可他们身上的活力让我羡慕，仿佛他们的人生中没有什么难题。

回去的路上，我挤在公交车里，人和人紧紧挨着，前后左右四个书包，把我夹得死死的，没人愿意面对我。人实在太多，我被挤碎了，眼看错过了站台，我却没办法下去。我破碎地把自己拼起来，越拼越碎，越碎越拼，到达终点站时我长长地出了一口气，彻底累了。我坐在座位上休息，司机却催我下车。返程的车上，一种原本应该飘在半空的失落感降临在我的身上。老余家我不敢再去，他疯了，我不怪他。林舒家我也不敢再去，怕为自己的无能而伤心，我不忍心怪自己。彩票站我也不敢再去，每一注彩票，每跳出一个号码，就像是对我人生的嘲笑。对，都怪彩票，都他妈怪彩票。

又过了一个月，临近年关。这一个月我躲避着一切，几乎不知道外面发生了什么，我担心我的感觉是正确的，被取而代之的确实不是世界，而是我。我提前买好车票，盼着回家。临行前一个星期，我生了病，呼吸道感染伴支气管炎，发烧了两天才请了假去医院看病。医生给我开出处方，必须连续输液三天，要不然有可能恶化成肺炎。一次两瓶点滴，要输两个小时以上。因为没有经验，第一次输液之前忘记排空膀胱，结果尿急，只好一只手提着输液瓶，移动到厕所，将瓶挂在挂钩上，插针的手不敢乱动，单手解开裤腰带，没抓稳，裤子整个往下掉，顾不了那么多，双手一起上，输液针脱落。

护士给我补针的时候，我突然想起来，自己才二十岁。

输了三天，身体有所好转，我回到公司，打算辞职，不想再来北京了。还未开口请辞，领导告诉我，之前的一个客户，点名让我去打扫。我问，是谁？领导说，那个画家。话音未落，我利索穿好衣服直奔林舒家而去。林舒看上去好了不少，恢复了之前的淡然。她对我说她要搬走了，让我来主要是帮忙打包，并称赞我业务能力强，随便加时长都没有关系，全权交给我负责，因为信赖我。我问，要搬到哪里去？林舒说，不远的地方。我四处看看，说，画呢？林舒说，能卖的卖了，卖不掉的就送人了，送都没人要的我就扔了。我说，怎么不送我。林舒说，怎么好意思送你。

真奇怪，说我的夸赞不值钱，却一幅也不送给我。林舒说，我想通了，不画了，不画就不痛苦了，对么？我说，不知道。林舒说，你总算说了句实话，以后不知道就说不知道。我点点头，说，一定。林舒继续道，我想通了，既然画画这么痛苦，那不一定非要画不可。我说，听着是这么回事。林舒说，我管他要了笔钱，找了个地方，打算开个画材店，也算是和画画沾边，对不对？六年，我总不能什么都没得到，是不是？我说，我不知道。林舒说，该扔的我都已经扔了，房间里也没什么东西，你打包一下就行。我说，就这些事？林舒说，还有，你千万别去研究彩票什么的，我感觉不靠谱，彩票变数多大啊，我看你就是适合干保洁，等我画材店开了，肯定也缺人手，你过来一起帮忙吧？整整货，比你在这边工资高。我说，原来是这样啊。林舒说，你想想吧，不着急，这里是我电话，你决定好了给我打个电话就行。说完林舒递给我一张纸条，上面写着她的手机号。我说，没别的事了？林舒说，没了，你忙吧，收拾完锁好门，钥匙放在门口脚垫下面就行，没人偷。说完林舒转身离开，走了几步，停住，说，对了。我期待地问，怎么了？林舒说，那盒 CD 你拿走吧，我实在不知道是哪首，你拿回去慢慢找，上次你就忘拿了，这次别忘了。说完林舒转身离去，我到电梯口，看着电梯数字逐渐减少，到达一层。

确实没什么东西，我没用多少时间就打包好了，CD 我还是没有拿走，因为我没有 CD 机。我把纸条塞进兜里，握在手里的感觉有些熟悉，想起了老余，不知道他的病情怎么样了，一个人住，会不会出问题。转转悠悠，拿出那张纸条看了又看，不知道该怎么决定。转悠出了林舒家，转悠到了彩票站，我问老板，最近有看到老余吗？老板摇摇头，说，挺久没见到了。没到开奖日，彩票站里没什么人，原来也不是一直都热闹。老板怂恿我，说，买一注？我想了想，点头说，机选。

揣着彩票和手机号码，我转悠到了老余家楼下。云被风吹得干干净净，太阳永恒地照射，寒冷与暖热并存。我犹豫，想要不要进去看看老余，却看见老余捧着个纸箱子走出来了，我还不知该如何应对，老余却呼唤，小李！我走过去。老余说，刚下班呐？我点点头，我看看老余，看上去他既不旺盛也不衰微，眼神里有一种从未见过的辽阔。

我见他捧着箱子，便问，你也搬家？老余放下箱子，说，一把年纪了，我搬哪儿去啊我。我说，那这里头是啥。伸手翻开箱子，所见皆是熟悉的黄色稿纸，满满一箱。我问，这是怎么个意思？老余说，不算了。我说，放弃了？老余放下箱子，说，我放下了。我说，这么外在么？不会是身体出了什么问题吧？老余说，你放心，我硬朗得很。我问，什么事没有？老余说，什么事没有。我说，总有个原因吧？老余说，我总是想起你说的那句话。我问，哪句？老余说，被取代的不是世界，而是我们。我有些没想到，一部分是因为我。我看看箱子里的稿纸，感叹，多可惜啊。老余说，虽然曾经很接近过，但我还是放下了。我说，那也是放弃了吧。老余说，不一样。我问，有什么不一样？老余说，不会不甘心。就算现在不甘，早晚都会甘。早甘早轻松。我竟然有些放心，说，人多好，不用研究，一看就明白了，你这句话说得也很好。老余说，记性不错。那你还记得搏斗那句话吗？我说，我记得。老余说，那我改一下，你记住。我说，好的，你说。老余说，和自己搏斗，就是和命运搏斗。

突然吹来了一阵风，力道很大但却不像是刀子，风吹开箱子，黄色的稿纸被吹到天上去，飘散开来，漫天铭黄，一张又一张，如同一棵银杏树被人拿在手里吹了一口。我想要伸手去抓，老余拦住。老余就那么笑吟吟地看着，我也抬起头，看啊看，出了神。不知是故意还是无心，我一直攥紧的手心松开了，风一刮，林舒递给我的纸条和我刚买的彩票，也随同稿纸一起，飘到空中去，群鸟分头领航，不知飘散何方。老余提起空箱子，说，走了。我问，干吗去？老余说，下棋。

风没有停，而我停在原地，目及之处，他们破碎成星星，又凝聚为琥珀，一切都在上升，狂热和不甘都离我远去了。每张纸的背面变成了镜子，反射出的不是我的破碎而是我的倒影，时代之下，就算是悲伤的结局也能将我拥抱。我站在那里，试图捕捉飘得最远的那只鸟，我视力一直很好，左眼 5.0 右眼 5.1，老师曾夸我，是个学习的好苗子。可惜，抱歉。

好结局

水是一个个体事物——它从来没有发生变化。

　　　　——法拉第《一支蜡烛的化学史》

　　偷来的软利群还未来得及拆包，亲戚们就把家门堵死了。做贼心虚的张允吓个半死，趁奶奶下楼开门的工夫，他快步从厨房的后门溜出，找了面矮墙翻出去，绕到没人的野林中。他手有些颤抖地拆开香烟的包装，抽出一根衔在嘴里，摸遍全身，才想起自己忘了偷火机。当时他十一岁，在山脚的白象第一小学念五年级，目睹学校几个臭名昭著的不良分子蹲在厕所后面吞云吐雾的情景之后，产生了试一试抽烟的想法。当天放学回到家后立即付诸行动，但未想到自己会忘了如此重要的装备，张允有些气馁，一边瞧不起自己的紧张一边把烟塞回烟盒，打算回家再偷一枚打火机。从林里绕出时，天已黑了。回家途中，平时较冷艳的三只野狗盯上了张允，紧随其后。张允倒是不怕它们，只觉得有点古怪。虽然他一再对狗张开自己的手掌，向其表明自己手里没有吃的，但三只野狗仍低着头沉默地尾随，表情极其严肃。到家后，狗就散了。进家门后张允发现，或近或远的亲戚正端坐于客厅，将奶奶围成一圈，一言不发。张允一进门，所有人的脑袋齐刷刷地向他扭过来，一瞬间张允感到空气里的成分含铁量过重，差点就要掏出偷来的利群当场招供。腿关节僵硬住，这一步不知是该往前迈，还是往后退。上楼去写作业，奶奶说。得到指示的张允终于松了口气，迈步上楼，陈旧的木楼梯发出吱呀吱呀的声音，张允不敢走得太快，这吱呀声被越抻越长，在这死寂的剧场里聒噪得像是有人拿刀缓缓刮着黑板。

　　写作业时张允心神不宁，刚写两个字就坐立难安，一方面因为兜里的烟还未处理，怕被发现；另一方面是因为今日亲戚围堵，张允虽不清楚具体事由，但隐隐感觉一定发生了不妙的事情。之后的一个星期，张允未见爸妈的身影，预感应验，从此张允便睡不好觉了，夜里睁着眼睛瞪着墙，思考爸妈的下落。唯一可靠的方法就是问奶奶，但无奈沟通从来不是家里的刚需，无处下嘴。加之记忆中奶奶的眉头从来就没有松开过，眼神里似有似无的杀气常常让张允望而却步。而爷爷是个如沉船般静默的男人，仅凭"噢、嗯、好"三个字可以度过一整天。山中乡村，村民之间为了点鸡毛蒜皮的事情大吵特吵实属常事，但自打张允记事起，面对再激烈的场景，爷爷也就只有一种表情。那是眼神里充满因年纪而沾染疲惫的平静，这种平静久而久之转为一种无畏，哪怕你把刀架在他的脖子上，他的眉毛仿佛也不会弹动一下。最后，他的面孔彻底化为一种神秘，因为你猜不透他对世间哪些事情会在意。张允从未见过爷爷的脸上有过其他表情。甚至十年之后，在奶奶的葬礼上，爷爷也是这种表情。除了沉默，爷爷最喜欢的便是劳动。不在沉默中劳动，就在劳动中沉默。每天公鸡一打鸣，太阳还未完全升起，爷爷便扛着锄头出门了。张允不死心爸妈的去向，正如所有孩子都不会对自己的爸妈死心那样。某个清晨，他跟着爷爷一起下地劳动去了。在将近一个小时完全沉默的劳动之后，张允感觉这个世界上仿佛已经不存在语言了。只有狗吠、鸡鸣和山中偶尔掠过的鸮音。他清了清嗓子，找回自己的声音，试探性地问道，阿爷，我爸妈去哪了？爷爷有所反应，回头看着张允，眉毛稍微动了动，但仍然没有开口，脸上保持笔直却无限的淡然，张允从中读不出任何信息。张允又问，他们死了？爷爷摇了摇头。张允松了一口气。张允又问，那他们不要我了？爷爷想了一下，再摇了摇头。似乎是为了结束这个话题，爷爷掏出烟夹上，点燃。常年的劳作让他的手指头看起来又粗又脏，像是被定格在大象踩了一脚又不幸被银环蛇咬了一口的那一刻。指甲面仿佛被砂纸打磨了无数次，而指甲下呈一种鸠红，让人想起疼痛和剧毒。香烟夹在两根血肠间细得像一根牙签，张允摸了摸兜里的利群，鼓鼓囊囊。

而张允他爸的左手食指则是少了半截。张允小学二年级时，老屋的房顶翻修，需要一些木材。张允他爸挎着一柄柴刀，带着张允上山了。张允一直觉得他爸应该是个读书人，因为他是一个近视眼，俗称四眼田鸡。只是很不幸，他爸初中毕业之后就没有再继续读书了，因为觉得没用。而村里则人人称他"才子",仅仅因为他鼻梁上架着一副眼镜,头发细软,永远趴在头顶上,以及胳膊比较细,身板有些薄。那把柴刀的年纪比张允他爸还大,刀身布满铁锈,只有打磨过的刀锋发出亮光,一道银弧。它更像是刚出土的文物。爬上树,爸爸将刀死死握在手里,用力砍在树梢上。修屋顶需要的木材比较大,这柴刀平时只是用来砍些烧灶用的柴火,根本不适合伐木,瘦弱的父亲砍起来非常费劲,一下,一下,只在树梢上留下浅浅的白印。张允帮不上什么忙,只能看他爸砍得呼哧带喘,满头大汗。砍了几下,他爸便喘起粗气来,停手,两条腿跨在树上,休息起来。休息的工夫,他爸对张允说起话来。

你知道咱们这儿为什么叫隆岩吗?

张允摇了摇头。

因为那个。

他爸跨在树上,对着远处竖起了食指。张允顺着他爸的手指头看过去,是远处山林上突出来的一块圆形巨岩。柔软丛林随风曳动,波纹传递成浪,汇聚为碧色海洋。那巨岩便是海上岿然不动的礁石,却表面柔顺,没有一丝棱角,像是被人打磨几百年后刻意摆在了那个位置。突兀得像是寿星公的额头。

隆,就是突出的意思。

张允没有特殊的感受,就是块巨大无比的石头而已。

那有人上去过吗?

有。

谁啊?

你爸我。

说完，张允他爸带着一丝得意笑了笑，把柴刀重新握在了手里。

当时我们一群人，到了那边，一瞧，是真陡啊。谁也没敢上去。最后就是我，胆子大。别说，还真让我爬上去了。现在想起来，真有点后怕，那地方都没处下脚的。

张允呆呆看着远处那块岩石出了神，仿佛真的看到有个人，像只蚂蚁一样，在缓慢地向上爬去。

上面什么样子？

张允他爸继续讲解当年的英勇事迹，一边扬起柴刀，对准浅白凹印，一滴汗顺着他的头发滑落，滴在眼镜片上，鼻梁早就油了，鼻托死死趴住才撑起整副眼镜。

视野别提有多好了，那叫一个开阔……哎哟！

柴刀落下，张允他爸发出一声惨叫，张允回头，眼瞧着一小块东西从树上飞了出去，掉入灌木丛，淹没进去没了踪影。柴刀从树上落下，掉到地上。他爸的脸痛苦地缩成一团，整个人也蜷起来，好像越来越小。他的一只手死死握住另一只手。张允不知道发生了什么，有些失措。他爸从树上跳下，脱下背心，缠在刚刚还用来为张允指明隆岩的食指上。爸的汗水流得更多了，脸色煞白，眼镜已经滑到了鼻尖位置。没一会，白背心下面就渗出了红色，张允这时才明白过来，刚刚飞出去的一小截东西是他爸的手指头。当时他还不清楚是半截，还是一整根。张允马上俯身到灌木丛里翻找起来，明明刚刚就往这边飞了，怎么就找不到了呢，不会滚到下头去了吧！张允急得满头大汗，我爸的手指头呢，我爸要没有手指头了。他爸让张允不要再找了，说找回来也没用。说着就朝山下跑去。张允跟在他爸的后面，一路小跑，摔了个狗吃屎，爬起来继续跑。

一路跑到寿星庙，张允他爸大声疾呼，庙祝从殿中走出，忙问，大才子你这是怎么了？爸还未回话，张允抢先哇的一声哭了出来，喊道，我爸手指头没了！张允他爸摊开背心，给庙祝看了一眼。庙祝脸色一变，急忙奔到值班室拿出医药箱，取出纱布、碘伏、止血粉。上碘伏时，庙祝嘱咐他爸，会有点痛。张允他爸刚点点头，庙祝瞬间便把碘伏涂了上去，爸登时整个人崩了起来，如同过高压电一般，咬肌放大了足足有三倍，鼻孔猛地张开，吸进空气，脑袋也情难自控地向后仰起，一抬头，眼镜滑回了原来的位置。爸吩咐张允给他妈打个电话，张允照办，带着哭腔在电话里对他妈说，我爸被砍了！手指头没了！他妈没有回话，挂掉电话就往家赶。

张允他妈下班回家时，一脸紧张，进门便问，被谁砍的？爸说，遇到条银环，咬了我手指头一口，我就给砍掉了。说这话时他爸轻描淡写，仿佛砍掉的不是他的手指头，眼睛则看着张允。张允识趣，没有多说一句话。他妈还想多问一些细节，奶奶吩咐，这事不要再提了，人没事就好。自那天之后，张允他爸便少了半截食指。每逢人问起他的手是怎么回事，他爸便会把自己怒斩银环、壮士断指的故事绘声绘色地再讲一遍。朋友们听完故事，都纷纷夸这位"才子"人不可貌相，海水不可斗量，有胆识有魄力，不然真的要请全村人吃饭。有好几次张允也在现场，但他永远像第一次时一样，没有多说一句话。

爸妈消失之后过了一个星期，仍不见踪影。一个星期里，各种远近的亲戚上门来"做客"。奶奶永远是一脸不悦，面对些许质问，不断重复的只有一句："他的事情，和我一个老人有什么关系？"奶奶这种硬茬，软柿子的亲戚往往待不住五分钟，有些稍微刺头的，临走时也会站在屋门口指着骂几句"骗子""王八蛋""狗生养的"泄愤之语。一旦发生类似不雅情况，奶奶便会提着菜刀走出来，用刀尖指着这些不识趣的晚辈，数着点几下，一边数一边说，我这条老命也不值几个钱了，能带走几个就带走几个。亲戚见状往往落荒而逃，边逃边喊，法网恢恢疏而不漏，等着被告吧！全部过程中，爷爷佝偻着身子，夹着烟，未说一句话。张允一开始会躲在厨房偷听，试图搞明白爸妈消失的原因，但谈话总是语焉不详，像是所有人默契地掩盖一个丑闻，时间久了，张允也就放弃了，变得像爷爷一样，越来越沉默。

苏静川会在衣柜的底层铺一层毯子，放一个枕头，那是她觉得家里最安全的角落。劲松区老式的居民楼，没有留给苏静川太多的空间，而这里可以塞下一整个她。头几次爸妈拳脚相对时，她只能干站在那里哭喊，以为呐喊可以让所有人都停下拳头，可换来的只有无助。但人就是这样奇怪的动物，特别能习惯。逐渐地，苏静川也能摸索出生存之道，那就是家庭拳王争霸赛开锣时，躲进衣柜里，把头埋进自己的手臂，睡上一觉，醒了之后什么事情就都过去了。后来常有人饱受失眠困扰，羡慕苏静川无论何时何地都能安然入睡，对此苏静川只能回答说这是多年刻苦练习的结果。

苏静川的妈妈脸型圆润，笑起来两个深深的酒窝甜得像糖葫芦，平时慈眉善目，细声细语，可一旦打起架来，却如乩童上身，不仅手脚并用，拳拳到肉，且口中能连续飞出不间断的污言秽语。物理攻击辅以精神打击，威力十足。一句"操你妈你他妈怎么能这么对我"配上一记沉重有力的左勾拳，打得苏静川她爸脑袋发昏，还没想好怎么回答这种问题就先冒出了鼻血。苏静川她爸则是截然相反。苏静川在垂杨柳一小念书，那天老师讲解"浪子回头金不换"中"浪子"的含义时，苏静川脑子里第一个冒出来的形象就是她爸。倒不是因为别的，只是因为她爸长得好看。那个年代，她爸被誉为阳刚版蔡国庆，柔情版屠洪刚。加上身材高大，肩膀宽厚，在劲松那片算是小有名气的英俊。可打起架来，却丢了几分英气，除了扯对方的头发，再无他招。而且一旦扯住，绝不松手，可惜苏静川她妈年纪轻轻，头上就有了几块斑秃。而苏爸也不思进取，一招不太鲜，也妄想吃遍天。于是在和苏妈的肉搏交锋中，经常处于下风，给人一种比较绅士的错觉。

苏静川她爸和她妈是初恋，也是早恋。十六岁时就在一起了。大学毕业，早早结婚，生下了苏静川。当时的想法是先成家再立业，稳妥过一生。没想到苏静川他爸毫无事业心，趁着改革开放的浪潮，脑袋里只想着投机取巧，捞把大的，自称有"商业头脑"。野心勃勃的他瞅准时机，找亲戚朋友借了笔钱，倒腾索尼 CD 机，准备杀入市场，没想到恰逢 MP3 浪潮来袭，音乐播放器市场改朝换代，苏静川爸亏得底裤脱落。经此一役，她爸意志逐渐消沉，除了每个月倒买倒卖混点小钱还债之外，终日和狐朋狗友唱 K 摸奶，吃喝玩乐，小赌怡情。苏静川她妈却是典型事业心过重，靠家里关系找了份国企工作，十分努力，但无奈吃的是死工资，没有太大上升空间，不过维持家用，也算凑合。

那一天，苏静川爸妈干了一场大仗。混夜场的苏爸从朋友的朋友的亲戚那里听来了股市内部消息，一个月翻番，三个月十倍，苏爸喜不胜收，确认这次幸运之神终于把手指头点到了自己的额头上，将要彻底咸鱼翻身。他狠下心，偷了家里的存折，取出全部存款，一次性梭哈冲进了股市。没想到头三天就是三个跌停板，套索死死勒住了苏爸的脖子。但他心存侥幸，朋友牢靠，还有机会。直到一个星期之后资金缩水百分之八十，苏爸才把这个事情告诉了苏妈。苏妈当场崩溃，擀面杖如暴雨般往苏爸脸上招呼，发誓要把蔡国庆毁容成孙楠。苏爸自知理亏，但男人的尊严还是令他还了手，谁知那天状态神勇，被 A 股激发出三倍于平时的战斗力，竟和苏妈打得有来有回，旗鼓相当。

苏静川吓得躲进衣柜，缩成一团，哭着哭着哭累了，睡了过去。而赛场内，苏妈的秀发被扯去一大半，苏爸的牙被打掉一颗。最后两人都累了，苏妈哭着夺门而出，不知去向，苏爸则叫了辆出租，去了小三家里。两个人都忘了衣柜里的苏静川。苏静川醒来时，耳朵贴上衣柜门，听不到咒骂和哭喊，一片安静，以为今天的事情终于要过去了。谁知这时衣柜门开了，揉揉眼睛，苏静川看到衣柜外站着一个穿着一袭绿色长裙的女人，那衣服是丝绸面料，泛起微微荧光。她的黑发垂肩，笔直笔直，而脸上正带着笑意看着苏静川。苏静川被她那一头漆黑柔顺的头发吸引住了，每一根都像是黑珍珠被抻开拉丝了一样，和她的衣服一样，也泛着荧光。那女人蹲了下来，伸手抚摸着苏静川的头，苏静川情不自禁将头靠向了她的手掌，好舒服，像一把象牙梳子，将她头发上的结全部梳开了，发根轻轻扯动头皮，酥麻。刚刚发生的一切都遥远了。女人笑起来，很甜，问苏静川，你知道为什么吗？苏静川摇了摇头。女人轻轻揉着苏静川被泪水浸红的脸颊，好轻好柔，说，你是被拴来的。说完，女人站起来，走出了苏静川家，苏静川的头从衣柜里探出来，目送女人离开。

第二天苏静川发起了高烧，汗出了一身又一身，只觉得身子冷。苏妈把冬天的棉被拿出来裹在了苏静川的身上，也不管用。只好抱着苏静川去了朝阳医院，打了退烧针，接着输液。苏静川迷迷糊糊地睡了又醒，醒了又睡。脑子里充斥着各种梦境，从冬天梦到夏天，从穿梭不停的火车梦到空无一人的操场，一个微小的她不停地哭啊喊啊，可世界上没有人能够听到。苏爸晚上才赶到医院，问苏妈情况，苏妈说医生判断是小儿流感。看着苏静川满头大汗，轻微呻吟，苏爸埋怨苏妈没有把女儿照顾好。这时苏妈已经累得有气无力，实在不想多说一句话。烧了整整三天三夜，苏静川的体温才缓缓降下来，脑子也清醒了一些。苏妈见体温计上的数字下降，稍微松了一口气。而苏爸干的第一件事则是让苏静川口算数学题，他一直在担心苏静川把脑子烧坏，变成一个傻子。所幸苏静川数学不错，全部答对，不然往后真的要被当成傻子对待。从那天之后她常常想起那个电视剧里一直在寻亲的肥猫，而从未想起他的真名到底是什么。

发烧之后的日子平和了一些，爸妈似乎注意到了苏静川的存在。起码在孩子面前，不会再摆擂台大打出手。某天母女二人吃饭时，苏静川突然想起了什么，问她妈，妈，我是被拣来的吗？苏妈有些惊诧，问，谁和你说的？是不是你爸？苏静川摇摇头，说，不是爸爸。苏妈思索一番，还是把当年的事情告诉了苏静川。苏静川爸妈结婚之后，几个月过去了肚子里也没动静，最后家里老人支招，说八大处的求子观音特灵，让夫妇二人去烧香拜一拜。苏妈一开始觉得这是迷信，当耳旁风听听就算，但架不住老人三番五次地劝，最后和苏爸一起去了八大处，烧了一个价值一百八十八的求子套餐。回来没有多久，苏妈就怀上了苏静川。所以苏静川发烧的时候，苏妈极其担心，因为拣来的瓷娃娃，易碎。苏静川听完，心里头忍不住地高兴，原来自己的身世如此非同凡响，是天上的娃，不是普通人。苏妈心思却在别的地方，追问苏静川到底是谁告诉她这件事的。苏静川只好说是一个不认识的女人。苏妈勃然大怒，摔门就找苏爸去了。桌上的碗放得稳稳的，苏静川却觉得自己刚刚说的话把它打翻、摔碎了。

张允再见到爸妈时已经是小学五年级了。那年暑假，收到法院传票之后没几天，奶奶神秘地告诉孙子，他要去北京了。之后将他送到机场，给了他机票。拿着机票，张允独自坐上了飞机。全程忐忑，虽然奶奶未说，但他心里头明白，这次去北京是要见爸妈。原来爸妈一直在北京，怪不得，待在首都，怎么会想回来呢？张允他妈在机场接到了张允，几年没见，他妈有些激动，不断感叹，长大了，长大了。出租车上张妈情绪失控，抹起了眼泪，对张允诉苦，说爸妈也不容易，让张允懂事一些，多谅解爸妈。并且一再强调，别听信老家那些亲戚的流言蜚语，他爸不是骗子，是个好人。一路上张允被北京的街景吸引，没怎么把妈妈的话听进心里去，只是一个劲地点头。张妈感到欣慰，自己的儿子太懂事了，长大了，全然不一样了。张允则是默默数着经过的红绿灯，心中感叹，原来这个世界上竟有这么多的红绿灯。

那个暑假张允住在潘家园的一座筒子楼里，房子一进门就是卧室。可待了好几天都没见到爸爸，甚至经常见不到妈妈。常常一觉醒来，家里就没人了。对于此事，张允他妈提前打好了预防针，对张允说，大人和小孩不一样，是没有暑假的，而且爸妈现在正处于事业上升期，难免公务繁忙，而且张允已经是大人了，可以自己照顾好自己，妈妈相信你。张允点头。虽然不知道爸妈具体的事业是什么，但大人肯定有自己的理由，张允这么告诉自己。并且相信这个说法。他妈每天给他留一百块钱，自行解决午餐，想吃什么都可以，出门的话别去太远的地方，注意安全，红灯停，绿灯行。一旦有空，爸妈就会一起带他出去玩。

多数的日子，张允都在外面游荡，他隐隐感觉，自己爬到了高高的隆岩上，看到的东西全都不一样了。他常常蹲在路边，看宽阔的大马路，看马路上疾驰而过认不出品牌的汽车，看路过的散发着精气神的行人。最常看的是小区里的孩子聚在一起踢球，张允想加入，又不好意思，因为自己是地地道道的异乡人。不对，是乡下人，农村人，老土，卑微，连普通话都讲不利索，一定会被嘲笑。可他心里又忍不住想碰碰那只破足球。有次终于让他逮住机会，那群孩子不小心把球踢到了被栅栏围住的草地里，谁也不愿意翻过去捡。张允没有说话，翻过栅栏，捡起球，扔向了他们。孩子们接到球，继续踢了起来。而张允再翻出来时，裤子不小心勾在了围栏的矛尖上，划出一个大口子，印着米老鼠的内裤暴露在了空气中。他捂住裤子，看看那群踢得正在兴头上的孩子，又看了看自己的裤子。郁闷地回家了。回到家换上新裤子，站在家里的阳台上，继续看那群同龄人踢球。算了吧，看看就挺好，不一定非得踢不可。

　　几天下来，家附近这一片，他都逛遍了。他不得不感叹，首都不愧是首都，实在是太大了。他总是很懂事地在太阳落山前回家，不给任何人造成麻烦。那天傍晚，路过劲松西路十字路口时，他看到了那个大大的 M 字招牌，他在电视上看到过，广告里的东西看起来好吃极了。略带迟疑，他走了进去。琳琅满目的招牌让他眩晕，在服务员的指导下，他点了一份套餐。找位子坐下，迫不及待地咬下第一口。张允那一刻感觉自己在吃天上的食物，这是他这辈子吃过的最好吃的东西。吸一口饮料，可乐他是喝过的，可怎么装到纸杯里，灌上冰块，会变得如此好喝？那是薯条吗，放进嘴里一咬，脆得过分，明明不过只是土豆而已啊。他一口饮料、一口汉堡、一口薯条，略带惊异和感恩地吃完了整个套餐。收拾好餐盘，走出门，夕阳刚好落到他的面前，要快点回家才行。虽然心急，但依旧遵守交通规则，等红灯时，他正在心中默念"红灯停，绿灯行"，身旁一个影子掠过，张允瞥见一辆货车驶来，连忙一把抓住了那个身影。是一个和他年纪差不多的女孩子。女孩子看了他一眼，把头别了过去，却也停住了脚步。这时女孩的父亲才跟上来，牵住了她的手。回家的路上，那个女孩的眼神印在了张允的脑子里，那是一种善于忍耐的人特有的眼神，泛着泪光但透着韧劲，像是紧紧抓在悬崖上的一只手，拼上命与重力搏斗。

在暑假的最后一个星期，张允终于见到了爸爸。那个爸走进家门时，是醉的。他粗野地喊，我儿子呢，我儿子呢。张允从床上弹起来，走到他面前。爸胖了一大圈，肚子圆圆的，穿着西装看起来派头十足，双下巴若隐若现。那副眼镜也变成了金丝镜框，稳稳趴在爸的鼻梁上，好像已经与他连为一体。爸爸给张允递上一个袋子，告诉他里头装的是送给他的礼物。张允取出来，发现是雷速登的遥控赛车。当然，那个时候他不知道是山寨的。张爸问，高兴吗？张允使劲地点头。妈妈在一边抱怨，又喝多了，身体哪吃得消。张爸没有回声，倒在床上衣服都没脱，就睡着了。张允走到爸爸身边，偷看他的手指头。是他爸没错。

之后张允爸妈陪张允好好玩了几天，去了天安门、故宫和长城，拿相机拍了不少照片。吃了好几顿洋快餐。张允觉得幸福极了。以至于在回去的飞机上，张允对未来产生一种莫名的乐观。似乎一切都会好起来。爸不是骗子，确实是个好人。轻松将长伴，日日皆假期。飞机飞在云层之上，从窗户望出去，是一望无际的白云。踩上去肯定会弹起来。张允睡了过去，没有做梦。

　　苏静川是更喜欢爸爸的。这个问题她早就有了答案。至于原因，那时她还没有总结出来。从那个时间点来说，极有可能是因为苏爸相貌出众，穿衣有品，还常常带着苏静川偷偷去吃麦当劳。这种垃圾食品苏妈是碰都不会让她碰的。每周五放学，雷打不动，苏爸都会从学校接到苏静川，带她到劲松西路的麦当劳，好好吃一顿再回家。回到家时，苏妈常常还在加班没有回来。

　　见到爸，苏静川就会很开心，从那个时间点来说，极有可能是因为不常能见到她爸。虽然她不太清楚自己的爸爸到底在外面干什么，但一定干的是大事情，因为她爸一表人才，爷爷奶奶都说爸绝对会上福布斯。而妈，看着温柔，实则凶残无度，尤其见识过母亲的功夫，自然而然会产生一些畏惧。苏静川青春期前常常言听计从，不敢造次。敢越雷池半步，就是一记大耳刮子呼啸而来。带起的风或许可以在太平洋的另一边引起一场海啸。

　　苏静川常常想，日子就这么过下去或许也不错。总有些盼头。变化发生在暑假里的一个周五，苏爸如往常般带苏静川走进快餐店。点好心仪的套餐坐下，苏爸显得心事重重的样子。等苏静川快吃完了，苏爸才开口告诉她，爸妈要离婚了。苏静川感到一记重拳狠狠砸在自己的胃上，甚至忘记了咀嚼。耳朵里响起嗡嗡的声音。苏爸继续说，你以后和妈妈过。一记鞭腿，踹到苏静川的下颌，脑袋开始发晕，眼泪往外冒。苏爸说，静川你放心，以后爸爸还是会每周五接你放学，带你来吃麦当劳的。苏静川没有胃口吃东西了，脑子里浮现出那穿绿衣服的女人，她抹去眼泪，问，是不是因为那个女的？苏爸懵了一下，回问，哪个女的？苏静川突然起身，走了出去，一股冲动在摆动着她，眼前的红灯太刺眼了，那辆货车正在路上。她迈了出去。

　　但她的手臂被抓住了。抓住她的那个人，看着有点呆，只瞧一眼苏静川就知道，这人的学习不是特别好，就是特别差。她甚至下意识判断对方是一个哑巴。对方的眼神里没有任何波澜，像一个被人遗落在山顶上的打火机，没有人再点燃他的火了。没有道谢，苏静川害怕自己的窘态被哑巴看见，把头别了过去。下一秒货车从他俩面前呼啸而过，吹起苏静川的头发，这种速度，无论什么人被碾一下，都得变成肉泥。攒巴攒巴，煎一煎，就是汉堡中间夹的肉饼。苏静川突然想吐。甚至已经开始反胃。这时苏爸从后面牵住了她的手。绿灯行，斑马线，一黑一白，一白一黑。苏静川把手抽出来，走在前头，回家的路她当然知道怎么走。她也知道，从今天往后的每一天都将不一样了。

　　张允二十一岁时，奶奶去世了，急性脑梗，没有抢救的余地。高中毕业后张允就没有再读书，去了表哥厂子里做焊工，抽利群牌香烟。工资不高，但没有办法。葬礼时爸妈也没有回来，周围人都说，这对亡命鸳鸯已经躲到东南亚去了。高二的时候张允在电视上看见了他爸的通缉通告，照片用的还是他年轻时的黑白照片，很瘦，脸颊凹陷，戴着眼镜，斯文得看上去像一个知识分子。看清楚他爸的罪名，金融诈骗，张允似乎才隐隐约约弄明白这些年是怎么一回事。爷爷为奶奶操办了葬礼，可以说算简陋。不过还是请了和尚来做法事，钱基本上全都花在这上头了。从头至尾，爷爷的表情都没有什么变化，张允也是，没有流一滴眼泪。大部分的时间里，祖孙二人只是沉默地抽着烟，反而熏得旁边人眼泛泪光。念经时张允也在旁边坐着，一句也没有听懂，仔细听下去，竟然觉得还有点旋律，算是好听。吃饭时张允问和尚刚才念的是什么，和尚扒拉着饭，递给他一本经书，张允翻开看到的第一句是"观见众生，苦海常漂溺"。他不太懂这个"观"字，想问，但见和尚饭吃得很香，没有寻到好时机求教，最后作罢。

法事完毕，入土为安。奶奶的坟就在不远处的山上，五年前就找人挑好了地方。这里满山都是自建的坟头，满山都是故去的人。一切结束，正值中午，张允坐在院子里晒了一会儿太阳，抬头望去，那块巨大的隆岩显得十分碍眼。张允突然想起了什么，走出家门，向山上爬去。途经寿星庙，张允进殿瞧了一下，寿星公的塑像年久失修，颜色差不多褪光了。寿星手捧蟠桃，一脸慈祥，硕大的额头突出来，此刻看上去，更像一个肿瘤。越看越是怪异。张允想，如此长寿，实在可怜。他从后门穿出，继续向高处攀去。逐渐，野径小路慢慢消失，再往里走，去过的人就太少了，净是荒草和密林。所幸张允知道方向，朝着隆岩，一边拨开那些阻碍他的树杈，一边走去。他的衣服被刮破，脸上也被刮伤，但他没有停下脚步。鞋底沾满泥土，摔了好几跤，爬起来，继续走。太阳朝山的另一边滑去了，阳光在和他告别，他不断地抬头望岩确认自己的方向。可离得远时，隆岩看上去算是明显，离得越近，就越看不见那块石头。最终，他迷路了。他兜兜转转好久，蚊蚋蝇虫，围着他飞舞，啃咬他暴露在空气里的皮肤。没有了光照，望去全是黑黢黢的一片。阴凉而又潮湿，一不小心就会跌进灌木丛里。张允不知道自己走到了何处。眼前再也没有向上的路了。走不上去了。筋疲力尽，他坐在了地上，没有更多力气了。月亮从黑桦林的枝叶缝隙露出一点点面目，为他带来一些光亮。他再抬头时，才发现，自己正位于隆岩的正下方。可望上去，没有一处是可以下脚的，那岩石似乎像是山体突变长出来似的，像游戏里的一个 bug。张允用最后的一点力气，绕着下方寻了一圈，尝试从不同的方向往岩上攀登，全以失败告终。张允累极了，坐在地上，大口大口地喘气。远方突然传来鞭炮声，他知道那是为奶奶送行而放的。他没有去望，光用听的，他就已经知道离家很远很远了。他看着那块巨大而突兀的岩石，突然哭了，像是明白了一个早就该明白的道理，验证了必将失败的猜测。他不想去怪谁，只觉得后悔。无数细小的微尘汇聚成这块无法抹除的巨石，横在他的心上。他掏出一根利群，摸出火机，微弱的火光照亮了一点点距离。模糊的视线里，漆黑山林中，他隐约看到一个人影，像是他自己，又像是别人。

张允失踪的那一年，爷爷死了。尸体烂在家里，好几天之后才被人发现。赶上村里搞公墓建设，山上全部的坟都被迁到了统一的地方。村里人都说，这老头可真是会挑时候，看着老实，其实很精。张允的爸妈仍在被通缉中，无法回国。至于张允，失踪之后，没有人特地去寻找他。他甚至都没有被列为失踪人口，正如他预想的那样，没有人关心他。没有人知道他去了哪里，或者有没有死。有些人消失的时候，会像一团柳絮落在地上，被过往的行人踩碎，也不发出一丁点声音。同一年，苏静川被检查出了恶性肿瘤，也就是俗称的癌症。报告显示已是晚期。她被医生告知，无法治愈，只能接受化疗尽量提高生活质量。绝望之中，苏妈听人劝说请了法力高深的算命先生给苏静川看八字，以求转机。算命先生一番查看后说道，此女今日患此绝症，实则早有渊源。顿了顿，先生继续说，此女乃是被一个绿衣女鬼缠住。可悲可叹，那是她前世生母，因对女儿被拴走十分不满，割舍不下母女情分，心生怨念而无法投胎，这一遭为的是与苏静川共赴黄泉，来世再做母女。拴娃娃一事苏妈从未对算命先生提起，惊叹中下跪求先生救命，先生自然答应。收取些许钱财做了一整套齐全的法术之后，苏静川开始接受化疗。奇迹般地，苏静川身体逐渐好转，身体各器官逐渐恢复机能。肿瘤虽然没有完全消失，但明显缩小。坚持治疗两年之后，医生告诉她一个好消息，新研发的一种药物对其肿瘤突变位置有特佳疗效，只要定期服药，可显著延长寿命。每月四万元，去掉医保补贴部分，剩下苏爸苏妈各支付一半。因病之故，苏静川并未婚嫁，一直与母亲生活在一起。在家从事文字类工作，收入尚可。逐渐独自负担起自己的医药费用。直到五十八岁因并发症去世。在她人生最后的几分钟里，横在她脑海里的不是人生过往中的种种，而是一张熟悉又陌生的、稚嫩的、无关紧要的脸。苏静川回忆起那是小时候遇到的一个路人，应该是一个哑巴。她虽然不知道这是为什么，但忍不住去想，那人现在在哪里？过着怎样的生活？死了没有呢？而苏静川停止呼吸前最后的一个念头是：痛苦如果在各自的人生里展开，没有碰撞回响成更大的海啸，那算不算是一种好结局？

二月十三日

大概早晨七点多，我被她妈唤醒。她妈指着心跳监护仪对我说她的心率有点上升。我看看她，她皱着眉头不停扭动身体，我明白是吗啡的药效过去了，身体各处疼痛又把昏迷的她拽回到这个世界。我按下病房里的通话仪，告诉护士，让她过来注射吗啡。一支吗啡的药效通常可以维持十二个小时，但随着身体耐药性的增强，持续时间会逐渐减短。今天是她昏迷的第三天，一支吗啡可以持续大约六到八小时左右。

　　过了一会儿，护士端着盘子来到病房。盘内盛着针剂。对于昏迷的病人一般采用肌肉注射，针头扎进她的小臂时，她条件反射地拧了一下身体。我安抚她，告诉她药马上就会起效了，就可以好好睡。注射之后不久，吗啡就起效了，她再次安稳地睡了过去。我和她妈妈用棉签蘸着水，清理她的口腔，润湿她的嘴唇。接着用取掉针头的注射器吸入水，再慢慢推入她的嘴里。喉腔的本能让她吞咽下去。原本还可以靠静脉注射营养液维持生命，但她在昏迷之前一再拒绝，并且拒绝任何形式的抢救。昏迷之后我们试过偷偷给她静脉注射，但她一直会把手抽开。我经常感觉到她的意识其实还很清醒。而营养的缺失导致恶病质快速恶化，蚕食她的身体，她一天比一天更加消瘦。我常常怀疑肌肉注射是不是真的注射到了她的肌肉里，因为我实在很难在她身上找到肌肉。之后我们掀开被子帮她换尿布。在我眼前的是她的身体。一点脂肪也没有了，肚子像个山包鼓起来。医生一开始以为是腹水，检查过后才发现一点腹水也没有，全是转移到肠道里的肿瘤。脉络膜黑色素瘤几乎可以通过任何形式扩散，身体皮下分布着大大小小的肿块。它们压迫各种神经，制造疼痛，在肌肉注射之前，她一直服用阿片类药物止痛。而这种药物在她身上的副作用包括呕吐和瘙痒。再柔顺的面料只要接触到她的皮肤，就会给她带来难以忍受的瘙痒。我和她妈会拿着较为粗糙的毛巾，轻轻地擦拭她痒的地方，让她舒服一些。而关于尿布这件事，直到昏迷的前一天，她仍拒绝在床上小便。无论我们怎么劝，她都坚持让我们扶她去上厕所。上厕所的整个过程是这样的：我先把床调整到合适的位置，使得她的上半身能够稍稍直立一些，同时她妈妈将轮椅推到床边；接着她双手箍住我的脖子，我手抱住她的肩膀，她妈则负责抬高双腿；我们同时移动，将她调整方向的同时能坐到床沿上；接着我扶起她，转动她的身体慢慢地坐到轮椅上；推轮椅到马桶前，我扶她的左侧，她妈妈扶右侧，再慢慢地坐到马桶上，因为她的臀部已经没有多少肌肉，所以这个过程能有多慢就有多慢；接着小便就好了。

大致护理完毕，她妈妈将我叫到病房外，对我说刚才心跳异常的时候把她给吓坏了，到现在腿还是软的，真要是到那个时候，她肯定接受不了，只能靠我了。我只能对她说，放心，有我在没有问题的。她爸和她妈离婚已经快二十年，离婚之后她爸就没有再看过她，有了新的家庭和新的女儿。现在应该根本不知道他的女儿昏迷在病房里。而我的父母回家过年还没回来。我估计他们也不太想来。

我睡加在她旁边的小床上，她妈妈睡小沙发。我们偶尔换着睡，不过大部分时间也都没睡。我们常常半夜时瞥向对方，发现对方还醒着。回到病房，医院送来早餐，我们吃了几口。之后我躺在那里，安静地看了她一会儿。脑子里梳理我要处理的全部流程，她妈让我再睡一会儿，我说好，但是没有睡着。一直到了大约十点钟，我意识到我们是名副其实地在"等死"。这个事实让我感到恐惧。病房里有种无法忍受的寂静。我下楼抽了几根烟，稍微好转了一点。回到病房，我想放点音乐给她听，但入院时忘记带音箱，只能用手机功放。我有些费劲地找到我们平时会听的陈升，把手机放在她耳朵旁边，播放了《不再让你孤单》《牡丹亭外》《风筝》。她听到熟悉的音乐，非常用力地睁了一下眼睛，嘴角稍稍上扬了一下。这让我有点兴奋，我立即发微信把这事对李文琦说，并且让他晚上来医院时帮我带一个小音箱。他说没有问题。

她的高中同学衣嘉雯和马昊昱与我约好今天来看她。衣嘉雯从东北老家赶来，马昊昱则是在美国留学。两个人都是今天的飞机，下午到达北京。当时马已经在飞机上。我问衣大约几点能到。她答三点落地，五点应该可以到医院。我说好。

又补了一针吗啡。下午四点左右，马提着行李箱到了医院，我将其带到病房，躲到楼下抽烟，留给她俩一些单独的时间，说点话，以作告别。这也是几天来我主要负责安排的事项。我在楼下待了大约十五分钟，回到了病房。我递纸巾让马擦擦眼泪，聊了一会儿，主要是复述这几天她的身体情况。很快，衣给我发来微信，说她已经到了。我和马下楼把衣接来，接着我和马到楼下抽烟。马不抽烟。我独自抽，和她说咱们稍微过一会儿再上去。马明白我的意思，点头说好。

回到病房，衣有些崩溃，说没想到她现在会是这副样子。我知道衣平时抽烟，就问衣要不要下楼抽一根，衣说好。我让她妈妈到病房稍微看着一点，万一有什么情况，给我打电话。我、马、衣三人，又到楼下抽烟。虽然平时她俩常到我家里玩，但我们没有单独聊过天，她们两人似乎也不太熟，我们寒暄了一会儿，问了问无关紧要的问题，我又讲了讲这几天她的情况。从入院，到拒绝治疗，到拒绝抢救，到发烧，到无法进食，到昏迷，到现在这个样子。大约五点半多一点，第二根烟抽到一半，我突然接到她妈妈的电话，说情况不对，我问怎么不对，她妈妈说她已经开始抽搐，我让她叫医生，同时我们三人慌乱地冲回病房。就是这样，哪怕在最后的关头，你仍无法知道死亡确切到来的时间。

我到病房时，医生和护士已经到了。病房里的灯全都被护士打开，惨白惨白。她妈妈整个人倚靠在门上，有些瘫软。我看向病床上的她，她眼睛瞪着，四肢不停地抽搐，嘴巴微张，大口大口地喘气。医生问我病人确认不进行抢救对吧，我点头。

我们就站在那里，看着她。我问医生，她是正在死去吗？医生说对。我问，整个过程会持续多久？医生说，不会太久，她已经开始倒气了。我问，那她现在痛苦吗？医生说，不痛苦的，她现在身体已经没有知觉了。我看了看，迟疑地问，可以帮她把眼睛合上吗？医生吩咐护士拿了两块纱布，盖在她的眼上。我不是这个意思。随后他们马上就走了，嘱咐我心跳停止之后记得呼叫他们。我回过神来，把消息通知了朋友们，让衣和马扶她妈去隔壁的病房。我陪在她身边走完这最后一程。

我把刺眼的灯关掉，坐到她的身边，抚摸着她的手，对她说，不要怕，马上就全都好了，到了那边再也不会痛了。她的手以肉眼可见的速度白了下去，血色逐渐消失，最后呈现一种灰色。体温也在飞速下降，我摸了摸她的脚，更加冰凉。心率在曲线下降：稍微快一点之后就会朝着更低点奔去。纱布和眼睛之间有一条缝隙，我望进去，她的眼睛还睁着。我怕她冷，把她的手放回去，用被子把她整个身体裹好。我不知道该干点什么，还能做点什么，我拿出手机，播放《金刚经》，祈祷她可以走得平静一点。我跟着音频默念。时间比我想的要漫长很多很多。我才明白死亡原来不是一个点，而是一个过程。

唐洁、祝紫园、柯达、陈小吟、艾劲、陈思佳、朱子奇、张静雅、高阳、李文琦、代千惠先后到了医院，守在病房门外。我考虑了一会儿，让他们都进了病房，衣和马也把她妈妈扶到了病房里。我们伫立在她的床前，没有人说话，一些人在默默地哭泣，回荡在病房里的只有从手机里传出来的念诵《金刚经》的声音。我们都不知道该做点什么，还能做点什么。我们就盯着心率仪，看着它起起伏伏，数字变得越来越小。我感到口渴，想找点水喝，刚一回头，唐拍拍我的肩膀指着心率仪对我说，停了。我再回头，屏幕上已经是一条直线。我懊悔不已，不该回头的。我连忙呼叫医生，对讲机的那头问我，怎么了。我说，她的心跳停止了。她妈妈整个人瘫了下去，幸好被人扶住。

医生和护士们到了，摁开日光灯，掀开被子，把她完全暴露在我们眼前，好像是在逼迫我们承认眼前的事实。护士们对着心率仪一通操作，我问，现在是在干什么？护士对我说，拉心电图。对着心电图看了一阵，随后对我说，确认死亡时间，晚上七点二十三分。另一个护士在纸上记录。随后他们离开，去出具死亡证明，有了死亡证明才可以火化，她妈妈去签字。我联系之前已经确认好流程的负责殡葬服务的人。我和在场的女性朋友们开始给她穿戴提前准备好的火化时要穿的衣服。人死了之后会大小便失禁，她和我曾经表示过担忧。所幸她很聪明，几天没有吃喝，非常干净。除此之外，人死了还会变得非常沉，只靠我一个人不可能给她穿好衣服，我当时非常非常庆幸我叫她的朋友们来了。

我们为她穿戴好衣服、鞋子和帽子。我尽量选了一些方便穿戴和舒服的衣物，搭配得并不好看，现在有些后悔。由于火化的时候不能有金属，我取下了她手上的戒指。这时殡葬服务人员到了，一个穿着黑色皮夹克的平头男子，我不知道他的名字，就叫他皮夹克吧。皮夹克带着推车，推车上有一副棺材。他过来检查了她身上的衣物，对我们说，按照习俗，火化时逝者最好穿单数件的衣物，现在是双数，这样不好。我们商量了一下，最后决定把她的内裤剪开，取了下来。皮夹克熟练地铺开一床黄巾，我和在场的男性，帮他一起将她装入了棺材。她太高了，棺材可能有一点点小，她的腿不得不蜷了一点。皮夹克在她脸上盖了一小块黄方巾，盖好棺盖。之后皮夹克对我说，之前只选好了棺材，没有选骨灰盒，现在我要和他去选一下骨灰盒，我说好。李文琦和高阳陪我一起去选骨灰盒。电梯里，看着李文琦和高阳，我终于憋不住，捂着脸痛哭了起来，整个人发软。出了电梯，我一边哭，一边下楼梯走到骨灰盒的陈列柜前，我没听太清楚皮夹克的介绍，其中包括各种骨灰盒的款式、寓意和价钱，最后有些慌乱地选定了一款骨灰盒。

　　回到病房，她妈妈已取到死亡证明，我止住哭，因为还有事情要办。我和皮夹克确认好殡仪馆的位置，告知了朋友们，让他们自行安排好车辆前往，我和皮夹克还有她坐灵车过去。朋友们告诉我他们会安排好的，让我放心。我和皮夹克推着棺材，从医院后门出，将棺材推上了灵车，是一辆别克 GL8 。车上已经坐了个司机。

　　前往殡仪馆的路上，皮夹克坐在副驾驶，我和她在后面，隔着一副棺材。皮夹克给我递烟，不知道是什么牌子，只记得是烤烟。我接过在车里抽了起来。皮夹克对我说，哥们儿，我知道你现在特别难受，但也只能现在跟你说咱们整个价钱的事情。我说没有问题。他报了一个数字，大概六千多。我扫了他的收款码，给他转了七千整。他收到之后对我说，谢了哥们儿。我说，应该的，麻烦您了。

　　之前我问过很多人关于殡葬的习俗，因为是头一次操办，实在不太了解，参考了很多意见，仍然不知道该怎么办。我对皮夹克提出自己的担忧，比如这么快火化是不是不太好，比如不办遗体告别是不是不太好。皮夹克对我说，一般来讲，大操大办那都是亡者比较长寿的情况，属于喜丧，像她这样太年轻的，不宜大操大办，越快越好，让她好上路，遗体告别就更没有必要，租一个厅让她化好妆停着，除了让看的人更难受，没有任何意义。无论怎么样，我感谢皮夹克化解了我的忧虑。

到达殡仪馆之后没多久，朋友们也先后到了。张帆和张智迪也从南城赶了过来。皮夹克进殡仪馆的办公室找人说了一下，出来对我和她妈妈说，一般殡仪馆晚上是不火化的，不走关系只能等到明天早上，可能还要排队。皮夹克让她妈妈带着死亡证明去办公室，说给点钱疏通一下，就可以提前安排上。她妈妈随他进了办公室。没有一会儿，殡仪馆的人员从车后面推出棺材，推进消毒间，进行消毒。消毒完毕，他们又将棺材推出，准备推入火化室。火化室避免混乱，只允许家属进入，于是只有我和她妈妈走进去，朋友们在外等候。两位穿着制服的礼仪人员，一位负责推送棺材，另一位负责带路，我和她妈妈分别位列棺材的两侧，带头的那位喊，家属送最后一程！随后两位走起了正步，我们慢慢走进了火化间。到了尽头，带头的那位喊道，家属见最后一面！推棺材的那位打开棺材，掀开方巾，我看见她的脸，灰色的脸上一点肉都没有了，佩戴义眼的右眼眼皮由于干涩，无法合上。她妈妈捂着嘴哭了，发出痛苦的呜咽声。我的心碎了，我想我这辈子也无法忘记这一幕。合上棺材，传送带将她慢慢推入火化炉，两位礼仪人员对着她深深鞠了一躬，我和她妈妈也跟着对缓缓远去的她鞠了一躬。

　　我扶着她妈妈走出来，和殡仪馆还有皮夹克确认好第二天取遗像和骨灰的时间，以及墓地那边入殓的时间和流程，安排了一下，告诉朋友们。墓地是两天前买好的，在东边，离我和她妈妈居住的地方不远，方便探望。她妈妈说她今天没有办法回医院了，而我也无法忍受在医院多待一秒，但我打算去一趟把东西收拾回家，再也不去了。她妈妈让我收拾自己的就好，她改天再去收拾她自己的东西。其他朋友各自回去，唐洁和祝紫园送我回医院。到医院时，唐和祝给我带的饭已经凉了，是汤咖喱。我胡乱吃了几口。吃完之后我收到了三表哥的微信。我的三表哥比其他人早点回到了北京，得知消息之后问我是否需要帮助。我先告诉他不用。可是当我收拾完东西，发现一个人一趟搬不完，而且车停得较远。我实在太累了。我只好又发微信跟三表哥说，能否过来帮我收拾一下东西，帮我把车开回去。他说没有问题。

　　三表哥到的时候我也收拾完了，我和他一起搬东西往我的车走去。出医院之后我与唐洁、祝紫园约好第二天来我家接我去墓地的时间，与她们道别。东西搬上车之后，三表哥坐上驾驶位，我坐副驾驶。他看起来比我慌张，脚下找了半天也没有找到脚刹的位置。失败了三五次之后，我换到驾驶位，帮他踩开。踩开之后我又懒得再换回去了，索性自己开起车来。他问我你可以吗，我说没有问题。我忘了一路上脑子里在想什么，大概是不断提醒自己要安全驾驶，不要出事。到车库停好车之后，三表哥帮我把东西搬上了楼。三表哥提出需不需要他陪我过夜，我说不用，他有点犹豫，我说真的不用，我需要一个人待一待。确认之后，他离开了我家。

　　我看着家里，感觉十分陌生。我把东西全部摊在地上，没有收拾。洗完澡，已经十一点多了，看了看手机，发现什么都看不懂。一切都很不真实。我提醒自己明天还有事情要办，快点睡觉，但怎么样就是睡不着。我不断试图体会她在某个时刻的感受，但这是不可能的事。无数的细节不停地折磨着我。从那天之后我就再也睡不着了。我眼睁睁看着天渐渐亮起来。早上六点，我简单洗漱一下，穿好衣服下楼，坐唐、祝的车去殡仪馆取她的骨灰，再去墓地下葬，不过那已经是二月十四号的事情了。